杉浦正明

海ゆかば

南海に散った若き海軍軍医の戦陣日記

元就出版社

まえがき

本書の大部分は私の兄、旧帝国海軍の軍医大尉であった杉浦正博（すぎうらまさひろ）の日記である。兄は昭和十八年十月、二十三歳（数え年二十四歳）の若さで戦病死した。その日記が戦後五十五年を経た今、出版の機を得て世の方々の目に触れさせて戴（いただ）く運びとなった。

これは回顧録ではない。先の大戦について書かれたものの中で、個人の記録としての戦記は実に多くの人に書かれ出版されて来た。だが、それは大半が回顧録であったように思う。

これは正に第一線の若き軍医が、軍艦の中で毎日書き綴（つづ）った戦争の記録であり、かつまた個人の日記でもある。私の手元に残されているものは、昭和十七年六月の出征から同年の大晦日までの半年間に書かれたＡ４判のノート一冊である。

『大東亜戦争・戦陣日記』と題したノートの冒頭には、ソロモン諸島方面の手書きの地図がある。兄が就（つ）いた主な任地だ。南方の一大軍事拠点で有名なラバウルのあるニューブリテン島、連合艦隊司令長官・山本五十六（いそろく）大将の戦死したブーゲンビル島、「餓島（がとう）」と呼ばれたガダルカナル島などを含む大東亜戦争の激戦地の海域図である。

続くは海と船を描いた三枚のクレヨン画。そこから七十一ページにわたる日記が始まり、半年間の経緯（いきさつ）と様々な思いが細かい文字でびっしりと書かれている。

若き軍医は最後は「戦病死」という形で、負傷から四ヶ月後にこの世を去った。病気ではないので「戦傷死」という言葉があればふさわしいと思うのだが……。

毎年八月十五日の終戦記念日になると、あの戦争の事が必ず話題になり、兄の事を思い出さない訳には行かない。

死にゆく者の無念さは如何（いか）ばかりか、生き残った者が伝えなければどうして英霊が浮かばれよう。過去にも本にして多くの世の人に読んで欲しいと思った事は何度かあるが、諸々の理由から実行出来なかった。しかし、あの戦争の評価が様々な方向に広がり、その行く末が余りにも懸念され、私自身も決して若いとは言えない年齢になった。今ここで出さないと、いつ出すのだという自責にも似た気持ちに駆られたと同時に、兄の口からも、少しは言わせてくれ、と言われているような気がしてならない事から今回の出版に踏み切った次第である。

第一線の戦場に居ながらも医者という立場から、戦闘行動そのものに参画する事はなかったが、比較的恵まれて部屋を持たされていたので、几帳面な兄は幸いにも日記を欠かさず書く事が出来たのだ。

あの兄が生きていれば……と何十回、いや何百回思った事だろう。父は戦争が終わって兄が帰って来たら病院を建てるつもりで、自宅近くにある程度の土地を用意して待っていた。長男であり、帝国海軍の軍人として初めて送り出した息子でもあるので、その期待は非常に大きなものがあった。だが悲報を受けた時、父はショックの余り半年もの間、呆然自失となってしまった。

兄の日記を読んで思う事だが、後世に残す為、家族に残す為に最初から遺書のつもりで書いていた事がはっきり意識出来る。戦場に出るからには当然、死を意識しない筈（はず）はない。もしもの場合、この気持ちをしっかり読んでくれよ、と思いつつ書いていたに違いない。だとすればきちんとした形で読めるようにしてやらねば、家族がそれをしてやらねばならないと思う。

何度も読み、また人様にも見て頂いた、たった一冊の日記帳はボロボロになり、青いインクで書かれた文字もかすれ始めている。体裁もくずれ、いずれは読めなくなってしまうかも知れない。私自身もいずれは死ぬ。弟や姉妹も同様だ。そして英霊という死者の口は永遠に閉ざされてしまう。

戦前と今とでは全く価値観が変わってしまった面が多いが、日本の歴史は戦前も現代も、紛れもなく一本の糸の如く繫（つな）がっているのである。世の中がどう変わろうと、人の心の奥底にある「人間の絆（きずな）」は変わらないものと信じたい。

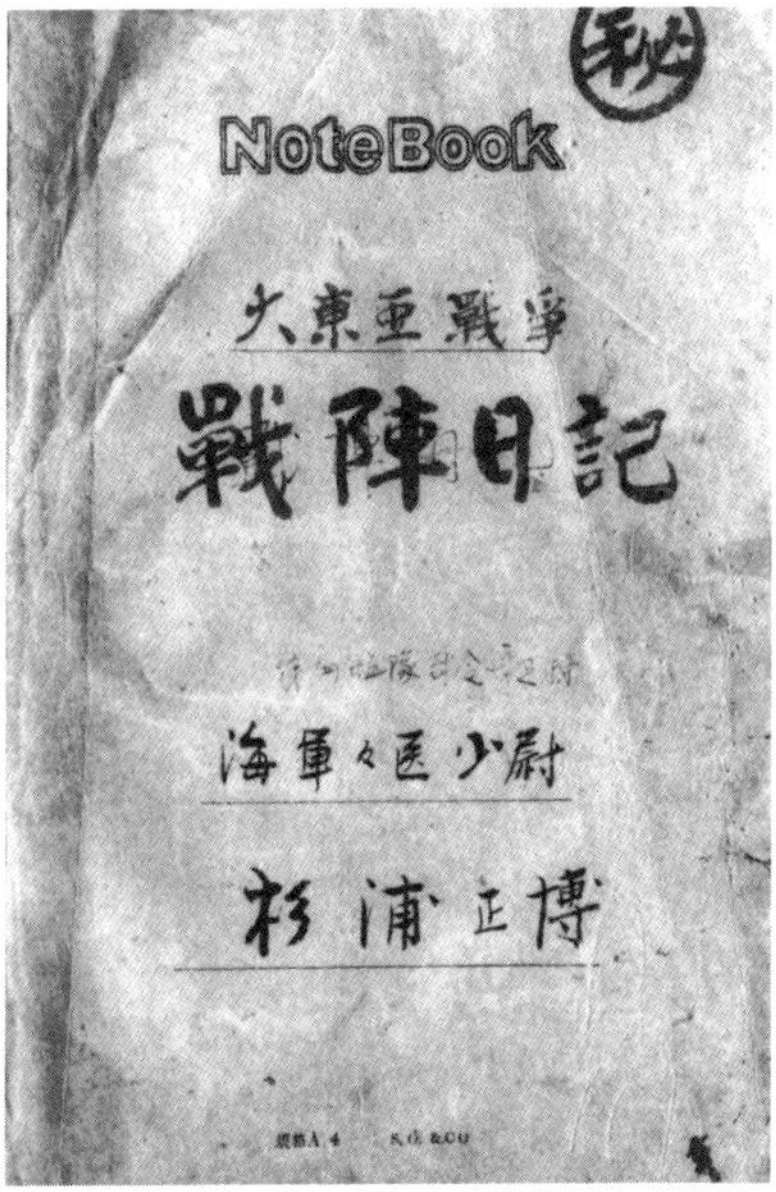

杉浦正博軍医大尉が遺した「戦陣日記」の表紙

戦争は悲惨だ、と誰もが言う。それは戦争を経験した者もしない者も口を揃えて言う。そして戦争を経験した者の多くは戦争の悲惨さを後世に伝えるべきだと言う。では何を以（もっ）てすれば伝える事が出来るのだろうか。死体の転がる写真か。あるいは原爆のキノコ雲なのか。それも一つの手段だろうが、若くして国の為に、家族や愛する人を思い、自らの葛藤の中に死んで行った人間の声こそが、正に歴史の「生き証人」として悲惨さを後世に伝える有効な手段ではないか。死んで行った者の最前線の「口」を聞いてやってこそ、本当の

「戦争の悲惨さ」が理解出来るのではないかと私は思う。

死……それは人生最大の悲劇であり、これ以上、遺された家族を落胆させ、不幸に陥れるものはない。戦争の是非論がどうであれ、戦争には必ず死が伴う。

戦争には人と兵器が要る。兵器はモノであるが兵士はヒトである。感情を持った生身の人間なのである。「国のため」という大義とはいえ、本心から死にたいと思う人間はいない。だが、国の大義の前に本心は語りにくい。いつの世も人は建前と本音の間で苦しむ。その結果、自殺という死を選ぶ人もいる。しかし、死にたくもないのに、死を賭けなければならない「大義」の前で揺れ動く本音を噛み殺した「心情」は察してやらねばならない。

あの戦争を振り返る時、前線という戦闘現場で「生と死」「国の大義」や「戦争とは何か」を考えながら、また飢えや病に苦しみ、遠く離れた祖国に妻や幼い子供を遺して死んで行った者の声が戦争論の原点としてあるのではないだろうか。そして死にゆく者と遺族の悲しみを分かち合う事が、それこそが本当の「戦争の悲惨さ」を知る事なのだと私は思う。

この『戦陣日記』はいわゆる「戦記」ではない。戦闘場面の描写も少なくないが、多くは南洋の前線に於ける乗艦軍医長としての主観的、客観的心情を個人の日記に吐露したものである。筆記当時二十二歳の若者が何を考え、何を憂い、何を喜びとしたか、多少なりとも汲くんで戴けたら、遺族である肉親として幸いの極みである。

杉浦正明

海ゆかば——目次

戰陣日記

昭和十七年六月廿日　曇　東京

東京築地海軍々医学校普通科学生を修了
直に第四艦隊司令部附に補さる
血湧き肉躍るはこのときこそ、雄飛、馳す南方第一線に。

同夜午后十一時東京駅発　呉に向ふ
出で征く人　送る人　二十三歳の今日まで甘えた
父の顔　母の眼、今生の別れとならぬとも誰が知らう。
知らず／＼の内に白いものが　未練など思へど
押へられぬ　今日までの父母の私への苦労　恐らく二人とも
苦労を重ねても私が若い時だけ父とあらうか。私は望みて
常あるも帰らぬ人となればこそ人ることとしても　この恩を報
いねばならぬ、
世界一の父上、世界一の母上、御身は必ず立派に
帝国海軍士官であります、何卒安心下さい。
静子よ、和枝よ、淳子よ、艶子よ、英子よ、和明よ。
隆子よ、和剛よ、崇子よ、洋子よ。
皆やさしい姉弟姉妹であつた　私は兄として　お前達
に兄らしい兄であつたらうか。兄としてやさしい言葉をかけてやつ
たであらうか、許して呉れ、でもこの兄の心は常に
お前達十人の心の中に常にとけて流れてゐる。
兄妹十一人は必ず立派な人となるだらう。貧富を上ろふまでは
ない。皆が仲良く暮らしてゐければよいのだ、十一人が一生
かかつて向はねばならぬ　どんな苦難の茨の道が目の前に果てしなく
うとも　兄弟は　不断父が口癖の様に言ふてゐる様に
"石に噛りついても"の精神で　生き抜かねばならぬ、兄は今
迄この精神でやつて来た。これからも同じだ。
やさしい十人の弟よ　妹よ
仲良く　撓みなく　何にかぢりついてもやり通せ。

東京駅頭わざわざ見送られしは　祖父、両親、洋子、静子、和枝
艶子、燈子、郎村の叔父、伊藤先生、高橋参兵
山岡君子、明子ら姉妹　不堪感謝

海ゆかば

——南海に散った若き海軍軍医の戦陣日記

写真提供――著者・雑誌「丸」編集部

第一章――兄正博の生涯

【生い立ちから出征――そして戦死】

兄、杉浦正博は大正九年一月十二日、父武と母タイとの間に、五男七女の総領息子として千葉県香取郡佐原町（現佐原市）に生まれた。その後東京府東葛飾郡大杉村（現江戸川区大杉一丁目）に移り住み、そこで少年時代を過ごした。

村内の松江小学校を出ると日本大学付属第一中学校へ進んだ。その後は医者を目指し、日本大学の医学部へと進んだ。そして東京築地の海軍軍医学校（現国立がんセンター中央病院）を卒業すると、海軍の第四艦隊に配属された。

昭和十七年六月二十日、東京駅から列車で広島県の呉軍港へ向かった。そして海軍の重要拠点（根拠地）、トラック島に向かう為、南方第一線に出航する重巡洋艦「衣笠（きぬがさ）」に便乗した。

トラック島は「日本の真珠湾」とも呼ばれ、ラバウルと比肩する程の一大軍事拠点であった。兄の配属先である第四艦隊の司令部があり、連合艦隊の泊地ともなっていた。当時、民間人を含め三万人以上の日本人がおり、ラバウルの後方支援基地にもなっていた。

兄の『戦陣日記』は東京駅出発から始まり、この年の大晦日までの約半年間に亙（わた）って殆（ほとん）ど毎日綴（つづ）

られている。

日記の冒頭にまず「次室士官心得」がある。恐らく卒業から東京出発までの期間に書いたのだろうと思う。

これは「スマートで目先が利いて几帳面、負けじ魂これぞ船乗り」という「海軍精神」を説いた訓戒であるが、こと細かに亙り自律の精神と、上官や部下に対する配慮が書き連ねられている。兄のこれを書いた時の意気込みは並大抵のものではなかった事だろう。被命と同時に初めて戦線へ送られる若き兄の気概が、どれ程のものかを如実に表しているものだ。ここで言う「スマート」とは表面的な格好の良さではなく、「訓練を尽くし準備完了した時の余裕のあるすがすがしい姿勢」の事である。

出征当時はアメリカと戦端を開いて既に半年が過ぎ、大東亜戦争の最初の負け戦と言われた「ミッドウェー海戦」も過ぎた頃で、国の為に敵を殲滅せんとの意気が揚々としていたのだろう。

この「次室士官心得」は海軍の初級士官に伝統的に引き継がれたもので兄の創作ではないが、現代の指導者―政治家や組織幹部への心得としても非常に有効だと思うので巻末に載せた。ぜひお読み頂きたいと思う。

＊

この日記は昭和十八年四月、内地（横須賀）へ一時帰還した時に実家に置いて行ったものである。当然十八年の元日から書き始めた日記も在ったのだろうが、船と共にマリアナの海深く沈んでしまった。

兄が内地へ帰還し、六月初旬に再び南洋の戦線へ復帰するまで約二ヶ月あった。その間の兄の思い出については後述するにしても、兄がどのような気持ちで内地に戻り、何を思い過ごしたか。そして再び戦場へ赴いた時の気持ちを知る術は何もない。つくづく二冊目の日記が残っていたらと悔やまれる。

＊

呉軍港より重巡「衣笠」に便乗した兄は七月四日、トラック島で下船し、しばらく陸上勤務に就いた。同月二十六日、サイパン島に移り、そこで哨戒艇「第二文丸」「第三関丸」両艇の軍医長を被命した。八月二日、「海平丸」（四三〇〇トン）に便乗し、テニアン島を経由して八月八日、任地ニューブリテン島ラバウルに入港した。そこで「第二文丸」（艇長・永田予大尉）着任となり、以降、ラバウル、ショートランド島、ブカ島、ニューアイルランド島カビエンなどの海域の対潜哨戒任務に就いた。

十七年の大晦日をカビエンで迎え、残されている日記はそこで終わっている。

兄が常時乗っていたのは「第二文丸」である。この船は元々、大洋捕鯨（現大洋漁業）所属の捕鯨用キャッチャーボートで海軍に徴用されたものだ。昭和九年に始まった日本の南氷洋の捕鯨は十六年頃には最盛期を迎えていた。だが、開戦によって航路が戦場になったので十七年以降は中止を余儀なくされた。この出漁中止によって捕鯨母船やキャッチャーボートの殆どが徴用されたのである。その一つが「第二文丸」という訳だ。特に日記の中に出て来る「図南丸」は我国の捕鯨の基礎を築いた有名母船であった。

＊

前述のように、兄は昭和十八年の春に一度内地に戻って来ている。二ヶ月の休暇の後、再び南方の戦地に向かった。その時兄が再び軍医長として乗艦したのが特設砲艦「昭徳丸」（一九六四トン）だ。

この艦の由来は分からないが、「丸」が付いている事からやはり民間徴用船なのだろうと思う。二冊目の日記が残っていないので何も分からないし、海軍資料を開いても本来の軍艦以外は載っていないので調べようがなく残念だ。

ここで兄の乗った昭徳丸が被雷してから死去するまでの経緯を知る限り話そう。

横須賀を出港した昭徳丸の任務は、サイパン守備隊増強の為の兵員輸送船団を護衛する事だった。船団を無事送り届けた後、サイパンやグアム付近のマリアナ海の警備をしていたのだろうか。

十八年六月二十八日の事だった。

昭徳丸はサイパン島沖、ロタ島付近で敵潜水艦の魚雷攻撃を受けた。昭徳丸は戦闘用に改装されていたとはいえ、もともと民間船なので軍艦に比べて舷側の鋼板が薄く、敵の攻撃には弱かったのだろう。艦は魚雷一発ないし二発で沈んだようだ。

一発目の魚雷は艦の烹炊所（ほうすいじょ）（炊事場）付近に命中し、そこにあった炊事用の釜が爆風で吹き飛ばされ、その破片が近くに居た兄の腕から肩にかけて当たり、骨が露出するほどの重傷を負った。だが、軍医だった兄は冷静に自ら応急止血処置をした。

やがて「総員退艦」の命が下り、総員が退艦するのを見届けた後、兄は艦長と共に海に飛び込んだ。不幸中の幸いなのか、あるいは幸なのか不幸なのか何とも判断しかねるが、偶然にもそこに流木が有り、艦長と共につかまったのである。

二人が艦から十数メートルの距離にあった時のことだ。第二発目の魚雷が当たり、艦に搭載されていた爆雷が瞬時に誘爆したのである。その両爆薬の衝撃的な水圧で、海中に居た二人は海水と共に数メートル激しく突き上げられたという。

この瞬間が二人の命運を大きく分ける事になった。

艦長と兄は一本の流木につかまっていたが、兄は艦の方へ前を向いた姿勢で、艦長は艦に対して背を向けていたのだ。つまり二人は互いに向き合う格好だった。敵潜の魚雷と自艦の爆雷の衝撃波が二人を襲った時、前向きだった兄は下半身にその爆圧をまともに受け、内臓が前後逆転するほどの大怪我を負った。特に腸の損傷は致命的でひどいものであった。一方の艦長は殆ど無傷だったようだ。骨という鎧(よろい)があったからである。

兄は一発目で腕と肩に重傷を負い、二発目で内臓に致命的な傷を負いながらも流木を手離す事なく、艦長と共に励まし合いながら丸一昼夜漂流した。近くにサイパンが見えたが、潮の流れで二人はより遠くへ流されてしまった。

激痛と辛苦(しんく)に悶絶(もんぜつ)しながらの漂流は正に地獄そのものであり、その恐怖と絶望感は筆舌に尽くし難いものがあったことだろう。ここで普通なら重傷の兄は勿論(もちろん)のこと、艦長でさえ力尽きてしまうところだと思うのだが、不幸中とはいえ、よくもこのような幸運が人間には巡って来るものだと思う。二人はロタ島（サイパンとグアムの中間に位置する島）に漂着したのだった。ロタにて友軍に助け上げられたが、ロタの野戦病舎には兄の重傷を処置出来る医療設備はなかった。そこで八月になり、ロタにたった一機しかなかった飛行機で内地へ運ばれたのである。艦長も一緒だったのだろうし、航続距離からしても戦闘機ではないだろう。飛行機は広島県の岩国飛行場に直行し、それから呉海軍病院へと搬送された。これは、軍医を死なせてはならぬという軍の特別の配慮があったからだ。

腸がやられて全く機能せず、食物を口にする事は出来なかった。体力の衰弱が激しくて開腹手術も不可能であった。手術をしない限り治癒、回復の期待はなかった。唯一の延命治療はリンゲルや葡萄糖(ぶどうとう)を注射するしかなく、日に〳〵痩(や)せ細って行った。この時に、もし今の点滴療法があれば体力は回復し、手術も出来た筈と思う。当時のアメリカ軍には点滴があった事は後に知った。

暫くすると寝返りも打てなくなる程弱り、床ずれがひどくなった。その状態が長く続いた。

呉より留守宅へ連絡があり、父がまず急ぎ向かった。面会は許されたが、身の廻りの世話は一切する事が出来なかった。終日衛生兵が付き添っていたからである。遅れて母も向かった。母は何とか食べさせて力を付けさせたいとウナギ等も持って行ったが、兄が口に出来る筈もなかった。父も母も弟妹達も、他の家族も呉と東京を何度も往復した。そんな私達に軍は良くしてくれた。汽車のフリーパスを手配するという便宜を図ってくれたのだ。

そして運命のその日は遂にやって来た。

昭和十八年十月二十一日。覚悟していたとは言え、家族には辛い悲報であった。

それから二ヶ月が経った頃、海軍大臣の副官（中佐）が水兵五名を伴って実家（現江戸川区東小松川）を訪れた。時の海軍大臣、嶋田繁太郎大将が弔問に来られるので、その準備をせよという旨の話であった。また江戸川の役所には戦死届けを提出済みとの事であった。当時の慣習として、都内で海軍士官が戦死した場合は海軍大臣が弔問する事になっていた。

実家から近くの大通り、船堀街道までの約三百メートルの小径は、当時舗装が施されてなかったので、急遽、役所の人間が十人ほど来て砂利を敷きつめたのである。

翌十二月二十六日、嶋田繁太郎閣下が訪れ慰霊祭が執り行われた。この嶋田氏は後に東京裁判でA級戦犯に列せられ、終身刑に処せられたが、ほどなく釈放され、九十三歳で天寿を全うされたという。この弔問時の家族との写真があるので別掲する。

兄は松戸市の都立八柱霊園の軍人墓地に埋葬された。戒名は「慈海院正義道博清居士」という。三月に中尉になった兄の階級は戦死により大尉に特進した。

昭和18年12月26日、海軍大臣・嶋田繁太郎大将弔問時の杉浦家

兄の最期の様子は詳しくは聞き及んでいないが、何よりも死にたくない、家に帰りたい、家族に会いたいという気持ちだった筈だ。

＊

ここで留守宅において不思議な出来事があった。

亡くなったその日の夕方の恐らく同時刻だろう。辺りが暗くなって来た時、実家の玄関のガラス戸に何かが当たったような物凄い「ドーン！」という音がした。私と姉、弟の三人が何事かと慌てて行ってみると、大きな黒い鳥がバタバタと飛び去るのを見た。これは三人とも見ているので間違いではない。カラスかとも思ったが確信はない。

「虫の知らせ」というものだろう。戦死者からの虫の知らせや霊が現れた、という話は戦時中は多かったと聞く。どれほど家に帰りたかったことか。

兄の無念さは如何ばかりのものだろうか。今も生きていれば、ある程度の名を挙げ、功を成しただろうと思うと悔やまれてならない。

我家は昔に良く見られた大家族で、兄は先にも述べたように十二人の兄弟妹の長子である。両親と祖父母を加えて十五人の大所帯の跡継ぎとして、将来の期待を一身に担っていた。本人もその自覚が充分あったようで勉学に励んだ。そして弟や妹思いの優しい兄だった。

身内が言うのも気が引けるが実に優秀な兄だった。中学の時は全国中等学校雄弁大会（弁論大会）で優勝し、首席で卒業した。そして日本大学を五年間総代で通し、全校総代として卒業した。当時の総長の山岡万之介氏から総長賞として銀の懐中時計を戴いたものである。昔は大学まで行く者は少なく、当時この大杉地区では二人しかいなかった由。それも医学部だというので余計に評判になったようだ。

またこんな評判もあった。二宮金次郎は薪を背負って勉強したが、正博は赤子を背負って勉強した、というものだ。葬儀の時は大勢の弔問客が訪れたが、それだけ人望が厚かったのだと私は信じている。この山岡総長も偶然か、兄と同じ八柱霊園に埋葬されているという。

＊

兄が生まれた頃、父は番傘の職人で弟子も五〜六人抱えていた。その後は江戸川区の大杉へ越した。そこで父は運送業を始めた。軍需工場の専属なので五人の従業員も徴兵される事はなかった。

我家は五百坪あったが、その真ん中に軍用道路（現京葉道路）が出来るというので代替地を貰った。稲刈りが終わった頃、家をそっくりコロで一キロも移動させたのである。今から思えば考えられない作業だ。ここが東小松川（現西一之江一丁目）で六百坪の土地であった。父は兄が帰って来たら、ここに病院を建てるつもりでいたのである。毎晩の様に病院の設計図を描きながら兄の帰りを楽しみにしていた。

ところが戦病死の悲報。父が一番期待し、すべてを掛けていた兄である。半年位ボケてしまったかのような日々が続き、仕事も何も全く手に付かなくなってしまった。

戦後は子供が多い事もあって気を取り直し、不動産業を始めた。そして昭和四十五年七月三十一日、七十一歳でこの世を去った。

母は長生きして平成三年十一月九日、大勢の孫に見取られながら九十二歳の天命を全うした。十二人の子供を生み育て、長男を医者にする迄の、資産家でもない父母の労苦は筆舌に尽くし難いものであった。この事だけでも一つのドラマになるような苦悶の人生であったと思う。

＊

さて、兄が昭和十八年四月の一時帰還の折り、この日記を海軍将校用のトランクに詰めて帰って来た。再び南洋に戻るまで二ヶ月ほどの休暇があった。戦時下でそんな長い休暇など取れる筈はないと思うのだが、子供だった私には理解出来なかった。私にはその間の思い出が今でも鮮烈に蘇るのである。

東京の築地に「水交社」という海軍将校専用のクラブがあった。ある日私は兄に連れられてそこへ行った。新小岩から電車に乗って秋葉原を経由し、有楽町で降りて、そこから歩いて銀座を抜け、築地まで行ったのだ。真っ白な海軍の制服を着て銀座界隈を颯爽と歩く兄は、十四歳も離れた私には眩しく見えた。いや何と言っても「カッコイイ」の一言であった。道すがら海軍の水兵と会うと、相手は直立不動で敬礼するので、私は自分にされているようで冷汗ものだったが、兄貴はこんなに偉いのかと、誇らし気な快感を覚えたものだ。普通、将校は小さな子供など連れて歩くものではないのに、兄は私の手を引いて歩いてくれた。そんな弟妹思いの兄だった。この時の光景はいまでもはっきりと私の脳裏に焼き付いている。

軍人、武人としての誇り、士官としての責任感、医者としての使命感、兄はそのような気概に満ち溢(あふ)れていたと思うが、決してそれを鼻に掛けるような尊大不遜(そんだいふそん)なエリート意識などはなかった。そうでなければ弟とはいえ、将校が私のような幼い子供を連れて歩く姿を人目に曝(さら)すような事はしなかったと思う。その家族を思う気持ちや優しさは日記の随所に見る事が出来る。

水交社の帰り、兄の先輩が亀戸(かめいど)（江東区）で開業医をやっていて、その日はそこに一緒に泊まる事になった。私は生まれて初めてベッドというもので寝る事になったが、病院用の簡易ベッドなので夜中に転げ落ち、泣いて大騒ぎになってしまった。

ところで医者についてだが、開業医は内科や外科、歯科や眼科など一つか二つの科目を診療するのが普通だ。ところが、軍医はあらゆる病気や怪我に対応しなくてはならない。何科の軍医というのはないのである。但し、軍医が決して診(み)ることのない科目が二つあった。それは小児科と婦人科であった。

また戦地での話も聞いた。ラバウルでの休暇の時に、現地在住のドイツ人牧師から乞(こ)われて原住民の診療をしたという。当時ドイツと日本は同盟関係にあり、その気安さも手伝って自分の休暇の度に診療を重ねた。牧師はラバウルの山奥に教会を建て布教活動をしていたという。ドイツ人は沢山居たらしい。兄は見返りを求めた訳ではないが、牧師はとても感謝し、何もないが、と言って謝礼として金縁(きんぶち)のメガネをくれたそうだ。日記と一緒に持ち帰ったのだろう。それは私のすぐ上の姉が大切に扱い、今でも愛用している。

兄は満二十三歳で亡くなり、結婚こそしていなかったが、ある異国の女優とのロマンスもあったようだ。復員した暁には……くらいの約束もあったかも知れないが、再会する事なく総(すべ)ては水泡に帰してしまった。

兄が出征してからの思い出が少ない中で、これらは私の胸中に暖かいものとして残っている。軍艦の中では、軍医は艦長に次ぐ重要な存在で大切に扱われ、部下からの信頼も絶大なものがあったらしく、艦長からも一目置かれていた。この厚待遇は陸軍とは少し違うようだ。私はそんな兄を誇りに思い、死後五十七年経った今でも決して忘れる事はない。

＊……「大尉」という呼称についてだが、陸軍では「たいい」が普通だが、海軍では「だいい」と呼ばれていた。

＊……日記文中で、本人が書いている自分の年齢は数え年なので、現代の満年齢では一歳若いことになる。

＊……兄は日記の中で、兄弟姉妹は十一人と書いている。現実には十二人であるが、末の弟は兄の日記が終わってから生まれたので勘定には入っていなかった。

【南洋諸島——ソロモン諸島のこと】

兄—日本軍が赤道を越える南洋まで行ったのは何故か。

日本が大陸で戦い、太平洋で戦ったのは周知の事であるが、兄が主に行ったソロモン諸島は、日本とアメリカを結ぶ線の遙か南方で、日本・アメリカ・ソロモン諸島の三つの地点で三角形が出来るほど離れている。これは「南洋諸島」が日本の委任統治領だったからだ。南洋諸島とはマリアナ諸島（グアムを除く）、パラオ諸島、カロリン諸島、マーシャル諸島の四つの諸島を合わせた総称で、大正八年（一九一九）、第一次大戦の敗戦国・ドイツから譲り受けたものだ（日本は「日英同盟」に基づいて対ドイツ戦に参加—青島攻略）。正確にはこれらの諸島の赤道以北を指し、赤道以南はオーストラリアが委任統治していた。従って、日本はこの南洋諸島を死守する必要があったのである。

前にも述べたが、兄は軍医学校を出るとすぐに第四艦隊に補されトラック島へ向かった。トラックは連合艦隊最大の泊地で、第四艦隊もトラックを根拠地にしていた。トラックの南方七〇〇海里（一三〇〇キロ）にあるラバウル（ラボールともいう）を連合軍が基地として行動すると、トラックの安全が脅かされる。しかもその位置は、ソロモン諸島の扇の要として戦略的に重要なポイントだった。ラバウルは昭和十七年一月に日本軍が占領するまでオーストラリア軍が所在していた。この攻略にはトラックの第四艦隊が担当となり、同時にカビエンも攻略した。兄がラバウルやカビエンに行ったのは、そういう理由からだったのである。

【故ケネディ大統領の海軍時代のこと】

米ソ冷戦の緊張のさなか、日本でも人気の高かった第三十五代米国大統領Ｊ・Ｆ・ケネディが、昭和三十八年（一九六三）十一月、遊説中のテキサス州ダラスで凶弾にたおれた暗殺事件は、歴史的大事件としてあまりにも有名だ。

ケネディ家にまつわる数奇な運命もまた有名である。元大統領の長男の飛行機事故死はまだ記憶に新しいところだ。

ケネディ元大統領は米国史上はおろか世界史にも名を残すほどであるが、戦時中の以下の出来事については日本ではあまり知られていない。私がその事についてここで触れたいのは、時期をほぼ同じくして兄とケネディが、比較的近い海域での戦闘に参加していたからなのだ。同じ海軍中尉で年齢も三歳違いの同世代だ。それぞれの乗っていた艦艇の沈没原因が、事故と、敵の攻撃によるという違いはあるにしても、負傷の上、昼夜漂流した後に救助されたというところまでは同じだ。その後、兄は戦死し、ケネディは大統領にまで昇りつめた。この明暗を分けたものは一体何なのだろうかと、兄を思い出す度に思うのである。しかしケネディも頭を撃ち抜かれるという惨い殺され方をしている。どちらの人生が良かったのかなどという判断は出来ない。が、不思議な符合として両者の命運が私の心の中でいつまでも絡み合っている事は確かなのだ……。

ちなみに私の義父もまた、昭和十七年（一九四二）十二月から十八年七月までラバウルとその付近にいた。私の身近な二人とケネディの合わせて三人が、ほぼ同時期に南方の近い戦場にいた事になる。義父は兄より四歳上、ケネディより一歳上だがいまだ健在である。

＊

昭和十八年（一九四三）八月二日午前零時過ぎ、ソロモン諸島中部のコロンバンガラ島とギゾ島の間のブラケット海峡で、駆逐艦「天霧」（一六八〇トン）と、艇長・ケネディ中尉の指揮する魚雷艇ＰＴ一〇九号（約三十五トン）が闇夜の中、衝突した。天霧は無傷に近かったが魚雷艇は真っ二つに割れ、乗組員十三人のうち二人が行方不明となった。

天霧（艦長・山代勝守大佐）はラバウルからコロンバンガラ島に兵員と補給物資を輸送した三隻の駆逐艦（萩風、嵐、時雨）の警備をしながらラバウルに戻る途中で、輸送を終えた駆逐隊の左後方につこうとしていた。速度は第五戦速（三十ノット・時速約五十五キロ）、進路は北西だった。

米軍側では日本軍の行動を把握しており、レンドバ島から十五隻の魚雷艇が出撃した。駆逐隊が島に着く前にレーダーで捉え、数隻が魚雷を放った。しかし、艇同士の連絡が不十分で、日本軍からの反撃もあってギゾ島方面に退避した。この時、米軍は三十発の魚雷攻撃を行ったが一発も当たらなかった。

レーダーがなかったＰＴ一〇九は、日本の駆逐隊の正確な位置をつかんでいなかった。白波を立てないよう、三基のエンジンのうち二基を止めて速度を落として南東に進路を取り、他の二隻の魚雷艇と共に警備隊形を組んで遊弋中であった。

最初に敵に気づいたのは天霧だった。左舷の双眼鏡を受け持つ見張員が「黒いもの左一〇度一〇（イチマル＝一キロ）」と叫んだ。山代艦長が双眼鏡で見ると、黒い物がポツンと見えた。昼間はマングローブの林に隠れ、夜間行動をする陸軍徴用の輸送船がある事を知っていたので、「機帆船か」とつぶやいた。三十ノットで突っ走っていた天霧は、みるみるうちに黒い物に近づき、間もなくそれが米軍の魚雷艇である事が分かった。

「総員戦闘配置！」

しかし、接近し過ぎで砲撃は不可能だった。魚雷艇はやや右に進んで右舷を見せて天霧の真正面へ来た。艦長は瞬間的に敵の船尾をかわそうと考えた。そのまま衝突すると魚雷艇の上の魚雷がショックで爆発し、天霧の艦首も被爆すると思慮されたからだった。

艦を左に廻す為、艦長は「取り舵をとれ！」と大声で叫んだ。しかしその直後、「面舵！」と全く反対の号令を発した。だが、すぐに「戻せ、取り舵いっぱい！」と号令をし直した。

急激な舵の変更があった為に、艦は左右に大きく傾き蛇行した。艦長は「よけ切れるかな」と思ったが、魚雷艇は右舷を見せたまま、吸い込まれるように天霧の艦首に飛び込んで来た。「ガガーン！」というショックの後、赤い閃光が見え、油の燃える臭いが漂った。艦長は右舷側に走り後方を見た。海面には赤い火炎が二、三ヶ所で見えた。衝突時間は二日午前零時二十四分であった。

＊

この日本側の記録に対して、米国側の記録は内容や数字がやや異なるものの次のように残されている。

二日午前二時半頃、ケネディ中尉が操縦舵を握り、ジョージ・ロス少尉が艇尾で双眼鏡を眼に当てていた。艇が角度を転じて暗闇の中に進んだ時だった。艇首の機関銃座にいた水兵が叫んだ。

「右舷二時方向に敵艦見ゆ！」

ケネディは水兵が指摘した敵の艦影を発見、直ちに同方向にハンドルを切った。攻撃態勢を取ったのである。だが、この時ＰＴ一〇九は空からの敵航空機の偵察を警戒して、音を消す為に三基のエンジンのうち二基を止めていたので速度は出なかった。

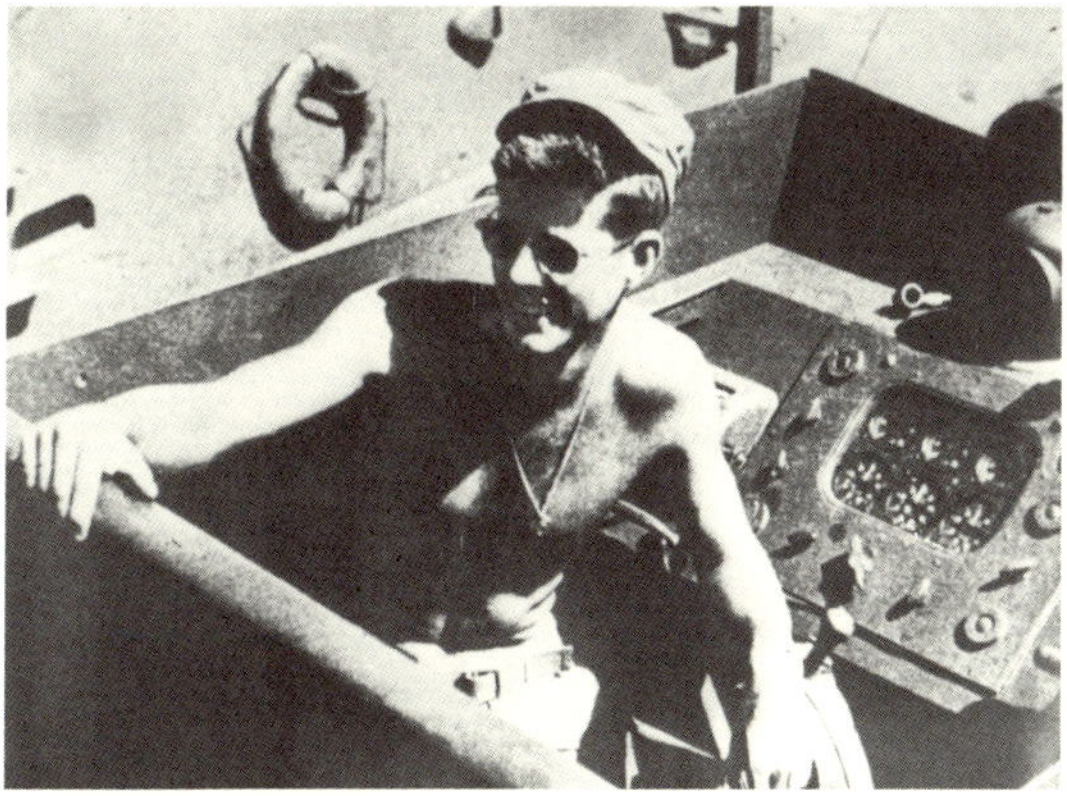

PT109号艇長ジョン・F・ケネディ中尉

やがて敵艦は日本の駆逐艦と分かり、四十ノットの速力でＰＴ一〇九目がけて突進して来た。体当たりであった。ケネディの魚雷艇は真っ二つに引き裂かれた。あっという間もない出来事だった。

その直前、その日たまたま乗り込んでいたロス少尉が、三七ミリ対戦車砲に砲弾を装塡しようと焦っていた。対戦車砲は陸軍の装備だが、火力を強化する為に特別に取り付けられていたのだ。

「戦闘配置」の号令はかかったものの、乗組員の中には寝ていた者もいて、何があったか分からないまま海中に放り出されたりした。ケネディは、「やられた！　死ぬぞ」と思った。次の瞬間、彼は甲板上にあお向けの姿で打ちのめされた。マクマホン水兵はひどい火傷を受けた。艇は二つに裂けて後ろ半分は沈み、かろうじて前部だけが残って浮いていた。ガスタンクからは猛烈な炎が吹き出していた。マクマホン水兵は両手を顔に当てたまま死を待つほかなかったのだが、大波が彼をさらったので助かったのだ。機関手のジョンソンは甲板で眠っていたところを襲われた。衝撃の為に艇が裂けたので破片がジョンソンの顔に降り注いだ。彼は肋骨（ろっこつ）をしたたか打った。気が付いた時には敵艦は闇夜の海中に消え去っていた。辺りは恐ろしいほどの静寂で、メラメラとガソリンが燃える音だけが聞こえるだけだった。

「おーい、艇に誰かいるかぁ？」

艇にかろうじて残されたケネディは、大声を出して部下の安否を気遣（きづか）った。すると、三人の水兵が弱々しい声で応答して来た。海中からも次々と生存者の応答があり、彼等は力なくも泳いでいた。PT一〇九の艇員はケネディ中尉以下十三名だったが、二名だけ応答がなかった。カークゼイとマーネイは即死だったのである。

「ケネディ中尉、助けてやって下さい！　マクマホン水兵がひどい火傷を負っています」と、ハリス機関長が叫んだ。見ると、百ヤード（九十メートル）ほど離れた海上にマクマホンの体が浮いていた。ケネディはすぐさま海中に飛び込んだ。ハーバード大学時代、フットボールで背中をやられたので、水泳チームを作った彼は泳ぎには自信があった。彼は瀕死（ひんし）のマクマホンをつかまえ、軍服の襟首をつかんで艇に引っ張って返した。艇といっても今やスクラップの材木に過ぎなかった。

風が出始め、海中に放り出された水兵達はみるみる流され出した。だが、ケネディは海中に飛び込んで次々に引き上げにかかった。四十五分位の救出作業であった。この時、ケネディ自身も背中に負傷していたのである。

こうして悪夢の夜が明けた後、ケネディは生き残った乗組員を率いて衝突現場から西に六キロ離れた無人島まで泳ぎ、さらに南のオラサナ島に移動し、衝突から六日後にようやく救出されたのだった。

八月三日から四日にかけての日本の新聞各紙は南方報道班員からの特電として、「真正面から乗切り敵魚雷艇を両断」「敵魚雷艇を乗切る。精悍わが水雷戦隊」などと伝えた。戦後になっても「体当たり」報道が続いた。結果的に体当たりとはなったが、山代元艦長は「あれはただの事故」と淡々と述べている。（天霧は昭和十九年四月二十三日、機雷により沈没している）

事故から二十年がたった昭和三十八年（一九六三）八月一日、双方の乗組員は東京・銀座のホテルで初めて対面した。奇しくもこの年の十一月二十二日、艇長だったケネディは、現職の大統領のまま永遠に帰らぬ人となった。

ケネディはこの、自身を顧みない部下の救出行動により、一躍ヒーローになった。その後、通信社を経てマサチューセッツ州の下院議員に初当選、以降、とんとん拍子で政界を駆け昇り、大統領にまで昇りつめたのであった。弱冠二十九歳で政界入りしたケネディは、初選挙の初演説の中でこう述べている。

「私は、自分の艇が沈み、今まさに、若者達の生命と共に死ぬのだと考えた瞬間、もしここで生き永らえる事が出来たら、祖国の為に命を賭けて戦って来た自分の過去を、これからは平和の為に捧げたいものだと決心した――」

＊……この項は、日本側の資料として、産経新聞・紙上追体験「あの戦争」第八六回を、米国側の資料として、大森実著『ケネディ――挑戦する大統領』（講談社刊）を参考にさせて頂いた。

ソビエト社会主義共和国連邦
オホーツク海
カムチャツカ半島
コマンドルスキー諸島
黒龍江
樺太
ハバロフスク
千島列島
ウルップ島
択捉島
国後島
満州国
ノモンハン
ウランバートル
哈爾浜
長春
蒙古人民共和国
ウラジオストク
千歳
北京
大連
京城
日本海
日本
黄河
黄海
呉
東京
洛陽
各務ヶ原
中華民国
松山
大村
ブータン
武漢
上海
鹿屋
重慶
揚子江
琉球列島
インド
沖縄
台北
台湾
硫黄島
南鳥島（マーカス島）
ビルマ
高雄
香港
ハノイ
ラングーン
海南島
ベンゲット
フィリピン海
マリアナ諸島
ウェーク島
タイ
バギオ
ルソン島
仏領インドシナ
マバラカット
テニアン島
サイパン島
バンコク
マニラ
フィリピン
プノンペン
グアム島
サイゴン
エニウェトク島
レイテ島
南シナ海
ヤップ島
ウルシー島
クェゼリン島
シンゴラ
ダバオ
コタ・バル
ブルネイ
パラオ諸島
カロリン諸島
英領ボルネオ
ミンダナオ島
トラック島
ポナペ島
シンガポール
セレベス島
マノクワリ
アドミラルティー諸島
ボルネオ島
ナウル島
パレンバン
蘭領東インド
スマトラ島
アイタペ
ラバウル
ジャワ海
ニューギニア
ラエ
スラバヤ
ニューブリテン島
ソロモン諸島
ジャカルタ
サラモア
バンドン
ジャワ島
チモール島
ポートモレスビー
ガダルカナル島
インド洋
ポートダーウィン
珊瑚海
エスピリッサント島
ニューヘブリデス諸島
オーストラリア
ニューカレドニア島
ヌーメア

第二章——戦陣日記（Ⅰ）

昭和十七年六月二〇日　曇　東京

東京築地、海軍々医学校普通科学生を終了、直に第四艦隊司令部附に補さる。

血沸き肉踊るとはこのときこそ。勇躍馳す南方第一線に。

同夜午后十一時、東京駅發呉に向ふ。

出て征く人送る人、正博　廿三歳の今日まで甘えた父の顔母の眼、今生の別れとならぬとも誰が知ろう。知らず〳〵の間に白いものが、未練なと思へど押へられぬ。今日までの父母の私への苦労、恐らくこんな苦労を重ねた親が世界中に又とあろうか。私は選れて栄ある帝国海軍々人となれば、どんなことをしてもこの恩を報ひねばならぬ。

世界一の父上、世界一の母上、正博は必ず立派な帝国海軍士官となります。御安心下さい。

静子よ、正治よ、澄子よ、艶子よ、英子よ、正明よ、聡子よ、正剛よ、幸子よ、洋子よ。皆やさしい温和なしい妹弟だった。私は兄としてお前達に兄らしい兄であったろうか。兄としてやさしい言葉をかけてやっただろうか。許してくれ。でもこの兄の心は常にお前達十人の心の中に常にとけて流れてゐる。

兄妹十一人は必ず立派な人となろう。貧富を言ふのではない。皆が仲良く暮らしてゐければよいのだ。十一人が一生かたまってゐればよいのだ。どんな苦難の茨の道が目の前に来ようとも兄弟は、不断父が口癖の様に言ふてゐる様に、〝石に噛ぢりついても〟の精神で乗越えねばならぬ。兄は常にこの精神でやって来た。これからも同じだ。

やさしい十人の弟よ妹よ
仲良く　撓まなく　石にかぢりついてもやり通せ

東京駅頭わざ〳〵見送られしは、祖父、両親、洋子、静子、正治、艶子、澄子、野村の叔父、須藤先生、高橋登兄、山門春子、照子御姉妹。不堪感謝。別れはつきぬ。あの人の顔。眼の底に未だ残る。
人の情は知らず汽車は時来たりて一路暗黒の帝都を後に、軍都呉へと西下邁進す。

六月廿一日
午后八時四十一分、呉駅着。水交社一泊。

六月廿七日　呉
船待滞在約六日。呉市本通り一丁目、吉川旅館に宿を取る。呉市内海軍所轄見学。

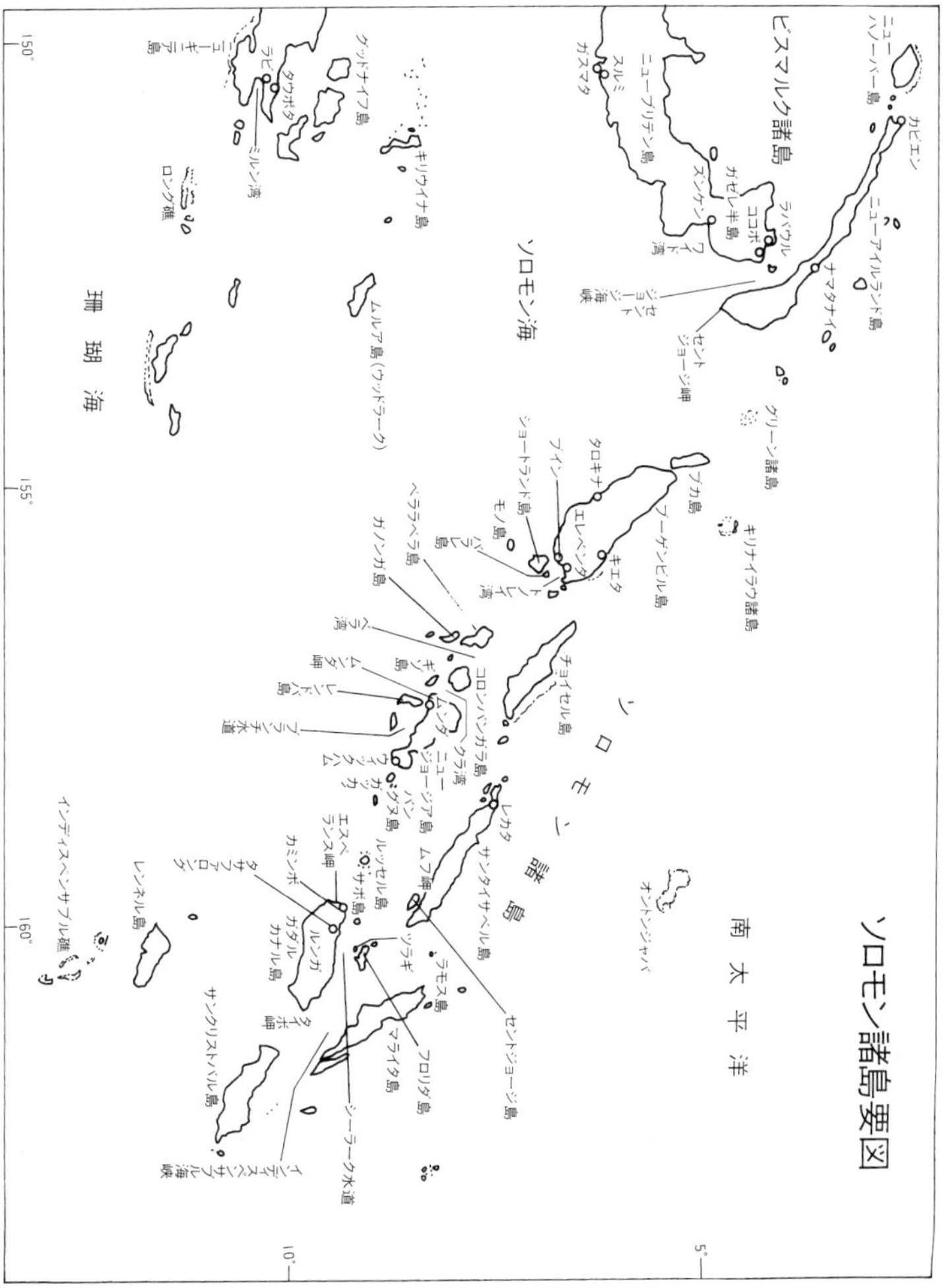
ソロモン諸島要図
南太平洋
ビスマルク諸島
ソロモン海
珊瑚海
ソロモン諸島
ニューハノーバー島
カビエン
ニューアイルランド島
ナマタナイ
ラバウル
ココポ
ガゼレ半島
ニューブリテン島
ズンゲン
ワイド湾
セントジョージ海峡
セントジョージ岬
スルミ
ガスマタ
ニューギニア島
ラビ
タウポタ
ミルン湾
グッドナイフ島
キリウイナ島
ロング礁
ムルア島(ウッドラーク)
グリーン諸島
ブカ島
ブーゲンビル島
キエタ
タロキナ
ブイン
エレベンタ
ショートランド島
モノ島
バラレ島
トノレイ湾
キリナイラウ諸島
ベララベラ島
ガノンガ島
ベラ湾
コロンバンガラ島
チョイセル島
ギゾ島
ムンダ岬
レンドバ島
ムンダ
ブランチ水道
クラ湾
ニュージョージア島
ウィックハム
サンタイサベル島
レカタ
ムブ岬
ラッセル島
エスペランス岬
カミンボ
タサファロング
サボ島
ガダルカナル島
ルンガ
ツラギ
フロリダ島
マライタ島
ラモス島
セントジョージ島
タイボ岬
シーラーク水道
インディスペンサブル海峡
サンクリストバル島
レンネル島
インディスペンサブル礁
オントンジャワ
150°
155°
160°
10°
5°

六月廿八日　快晴　呉港

早朝宿を發って、愈々軍艦衣笠便乗。始めて乗る帝国海軍の巡洋艦衣笠。午前七時、呉軍港第一上陸場より衣笠カッターに乗り込む。そして本艦へ。衛兵の敬礼にも快げなり。手荷物もそこ〳〵に甲板上をあちこちと見るのも皆珍しい。

午前九時愈々出港。呉の街。否、日の本の国、日本のあの緑の山や丘、田畑、これで永の見納めと、しばし別れを惜しむ。かもめも羽搏いて送ってくれる様だ。鏡の様に静かな瀬戸内海を艦は十六節の速力ですべる様に進む。

二号艦（武蔵）が入渠の為呉港に入ってゐる。三聯装の主砲九門、これぞ世界の不沈艦ならん。

広島湾、さては宇品の沖と、瀬戸の島々を縫ふて、四国長浜沖にて速力試験で半日を費し、一日假泊となる。狭い艦内の一室に最初の夢を結ぶ。

＊節……船舶の速度の単位。一ノットは一時間に一海里（一八五二メートル）を進む速度。海里は「浬」とも書く。一海里は子午線の緯度一分に相当する距離である。（地球の周囲四万キロの〈三六〇×六〇〉分の一）

＊衣笠……一等巡洋艦（重巡洋艦）。昭和二年九月三十日竣工。基準排水量七一〇〇トン。昭和十七年十一月十四日、ガダルカナル沖で敵航空機の攻撃により沈没。

＊巡洋艦……攻防二力及び排水量は戦艦に劣るが、元来運動力を主として速力及び後続力に優れ、主隊主力の耳目となって捜索・偵察及び警戒に従事し、あるいは敵主力部隊の雷撃、敵巡洋艦以下の撃攘その他の通商破壊、運送船の護衛に任ずる

＊武蔵……大和型戦艦の二番艦として昭和十七年八月五日竣工。基準排水量六四〇〇〇トン。大和と共に世界最大・最強を誇ったが、昭和十九年十月二十四日、シブヤン海で敵航空機の攻撃によ

り沈没。

＊戦艦……軍艦中最も堅牢強大で、優秀な攻撃力及び防禦力を備え、戦闘に於いて軍の主力となる。

六月廿九日　曇　航海中

午前五時出港。佐田岬を迂回して愈々太平洋へ。土佐沖ともなれば聊か激浪が船ばたを叩く。それとなく一万余頓の本艦は揺れる。

梅雨が未だこの沖にもあるのか時に雨が降りそそぐ。浪のうねりは高まる様だ。頭痛がする。食慾が減る。艦内は蒸し暑い。まんぢりともせぬ一日は夜、遂に船暈に参る。

昭和10年頃の重巡洋艦・衣笠

＊假泊……艦船がしばらくの間、錨をおろして泊まること。

六月卅日　航海中

五時起床。頭痛が頭の底に侵み込む様だ。朝食も碌でなく甲板に昇る。一時間毎に暑さが増す。厠には五分間と居られぬ。蒸し風呂同様だ。すっぱだかでせんすを片手に用を足す。船の動揺にも大分馴れた。食事も旨くなる。

はてしない南洋の海。太平洋、何んと海は広いのだろう。船の外に我々の眼につくものは海、水平線、曇空丈けだ。

今日は朝の中一回、スコールの子供の様なものが押しかけて来た。飛び魚の群が始終我々の艦の傍(そば)でバッタの様に、グライダーの様に飛び廻る。そして我々を慰(なぐさ)めてくれる。南の海は水が綺麗(きれい)だ。水平線がくっきりとする。空が明るい。雲が美しい。

船首に立って太平洋の波を睨(にら)んだ。私はつく〴〵と生き甲斐(がい)を感じた。生命の躍動を感じた。夕陽が照りはへ(え)る頃は午后七時。船は依然として進路を南へ〳〵。

1／Ⅶ(しち)　快晴　航海中

今日も波波波の航海が続く。島影一つ眼に映(うつ)らぬ。島から遠いのであろう、かもめも見当たらぬ。時々スコールがある。遠くの方に虹が一つ出来た。あ！　又出来た。同じ処に二つ三つも出来た虹の橋。こんな景色も内地では見られまい。夕方近く空の綺麗だったこと。夕陽に映(は)える入道雲。水色の空。その水色と夕陽の桃色との彩色。全く南洋の空は筆舌の論ではない。太陽が没すると共に暗黒の海と変る。船は依然その暗黒を縫(ぬ)ふて進む。十五夜も近いのであろうか。卵黄の様な眞丸(まんまる)い月が昇り始めたのは夜も遅き九時過ぎであった。雲は水平線上にだけあって艦を取圍(とりかこ)む。星はこぼれるばかりに一杯だ。私は甲板に臥(ふ)してこの星月夜(ほしづくよ)を眺めて色々の夢を見た。考へまいとしても考へざるを得ないものどもを考へた。静かな夜であった。

2／Ⅶ　快晴

少しくうねりが無くなった様だ。従って船の動揺大きくなる。然(しか)し自分は一向に平気。馴(な)れたのだ。サイパンの眞中辺を通ってゐ(い)る筈(はず)だが依然として島は私の視界に入って来ない。一寸(ちょっと)淋しい気がした。コバルト色の何となく固い感じのする海水。勇麗(ゆうれい)とでも云ひ度(いいた)い。太陽は将(まさ)に眞々中(まんまんなか)を通って行く。本日甲板(かんぱん)の椅子(いす)に凭(もた)れて午睡(ごすい)を取る。今日も波の音と飛び魚の慰(なぐさ)めにて果てしない一日を終った。

3／Ⅶ　快晴

今日は朝から大分涼しい。南へ近づくに従ひ始めの二、三日より涼しいのは如何なる由か？　成程今は内地は眞夏、従って南洋は眞冬ぢや。そうだ〱と子供らしい考へでそのナゾは解けた。

正午、艦載機一機、カタパルトよりサッと海上に飛び立つ。そして一足トラック島へ。南の水平線の彼方に消える。始めてカタパルトの發射を経験した。内地へ帰るのであろう三艘の船が右舷彼方に北進するを見付けた。六日間の航行中始めて私の眼に映った水平線上の異物である。何んとなくなつかしみを覚える。もっと近かったら大声で何言か声をかけてやり度い。帽でも振ってやりたい。だが遙か彼方では残念なり。唯、彼の船が無事なる航海に依って楽しい内地の帰港の出来る様、心から祈ってやった。

＊カタパルト……圧搾空気や火薬などの力で艦船などの甲板から飛行機を発進させる装置。射出機。

七月四日　トラック　曇り

愈々待望の入港の日が来た。朝から水平線の彼方を眺めてトラックの島は、その島は、と荷物の整理もそこ〱に唯南方の彼方をば打眺めてゐたが相変わらず波々々ばかり。速る心を抑へ乍ら時の経つのを待ってゐると十時頃だろう、見えた！　映った！　島が！

自分の行く手にぽっかりと浮んだ。お、、あっちにも右にも左にも、点々と平滑な島が、可愛い島が。その中に一つ島らしい大きい山のある島影、あれがトラックだ。艦が近づくにつれて島の大きさが増す。共に胸の高鳴りが増す。

　艦がトラック諸島北の道（珊瑚礁の輪の北の開け口）に這入ると艦足はぐっとにぶる。島には椰子の木の繁りがはっきりと見える。本當に南洋気分を味ふた。停泊準備にかかる。副長以下兵に到まで微笑みが顔に満ちてゐる。それもその筈であろう。内地の呉を出港して七日間、敵潜水艦の網をぬけて数千海里のトラック島に無事着いたのだもの。水中に喰い入る錨も今はとりわけ勢が良い。

　トラック島湾内には四Ｆの艨艟（と云ふても旗艦鹿島を始め下駄船揃ひ）十艘が静かに浮んでゐる。笑止千万な事には旗艦鹿島の舳にはペンキで波形が彩られてゐる。練習戦艦なるため、艦足がのろい為のカモフラーゲなりと。
○時半、艦長以下ガンルーム士官達に別れを述べて衣笠便乗の幕を閉ぢた。駿鋭衣笠、古鷹の勇姿を後にカッターにて一路トラック湾口の鹿島へ。鹿島より直に亦陸上に到り。四根司令部（井戸垣軍医大尉の案内）
　四根司令部　公家部隊（西一警備隊）病舎ニ一同假泊

＊艨艟……戦艦。軍艦のこと。
＊四根司令部……第四根拠地隊司令部。根拠地隊とは、陸軍でいう兵站基地のようなもので、要所〳〵の港で、艦船の修理や補給、病人の収容などを受け持つ部隊。

五日
　佐野軍医大尉（慶應）指導官
四根軍医長、板橋少佐、其他大原大尉、広江大尉、柳田薬大尉

十日　十一日
鹿島乗艦演習（四F司令長官　井上中将　　四F軍医長　福本大佐）

十四日
離島（冬島、皿島）へ考課表身体検査出發（加藤中尉、友野中尉）　冬島公學校（邦人学長）

十九日
トラック南水道、敵潜一現ハル。野島丸、死傷十三名。四根病舎収容。
チプ〱タタ＝トラック病院長

＊敵潜……敵の潜水艦のこと。以下、記述に頻出する。

二十日　トラック　自二十日　至二十四日
五根司令部承命服務（小島中尉ト共ニ）。
熱帯性下痢罹患。四根病舎入室（佐野大尉ノ診察ヲ受ク）。

二十六日（日）　サイパン
午前八時、トラック水上飛行場發、サイパンに向ふ。飛行場にて衣笠便乗中世話になった竹一少尉、友野少尉に會ふ。

トラックに鳥海、高砂丸、其他駆逐艦数隻入港。
一二三〇頃、サイパン港安着。
五根司令部伺候（司令官、武田少将。軍医長、渡辺太志中佐、若松中尉）
サイパン、ガラパン町興發俱楽部宿泊

＊駆逐艦……駆逐艦は速力大で運動軽快、数門の中小口径砲及び魚雷発射管を備え、専ら敵艦の撃沈を主任務とし、傍ら敵水雷艇、潜水艦の撃破・駆逐ならびに警戒に任ずる。

二十七日　サイパン　自二十七日〜至八月二日
五根附属掃海艇　第二文丸、第三関丸、軍医長職務執行被命。
興發俱楽部宿泊

八月一日　サイパン
柳田薬剤大尉ニ同所デ會フ。チャランカ町に遊ぶ。
高砂丸、八幡丸（航母）、石廊、潮、漣 入港。

＊掃海艇……局地及び河江の機雷掃海に従事する。
＊航母……航空母艦の略。空母と呼ぶことの方が多い。

八月二日　サイパン

夕五時、便乗船(びんじょうせん)、海平丸(かいへいまる)乗船。
　海平丸（総頓(とん)四三〇〇頓）　運送兼病院船
　軍医長（横病附　大尉荻野庫）之
　　（〃　　中尉勝又順）之

八月三日　テニアン
〇五〇〇、出港（ロタ島デ邦船(ホウセン)、敵潜ニヨリ撃破サル）。
一〇〇〇、テニアン港入港。
一三〇〇、テニアン港出港。一路ラボールへ。
航海中、敵潜水艦状報が這入(はい)る（一、トラック島附近ニ現ハル）
　　　　　　　　　　　　　　　　（一、潮岬ニ現ハル）

八月七日
夜、赤道通過。遂(つい)に南緯(なんい)に這入(はい)る。感無量なり。

八月八日～九日　ラボール
ラボール港入港。夜空襲あり。
第二文丸(ふみまる)着任　艇　長、永田予大尉
　　　　　　　機関長、梅澤兵曹長
　　　　　　掌砲長、加々美兵曹長

分隊士
看ゴ長　塚貝一看曹

午後四時、米英聯合大艦隊及海兵がツラギ及ガダルカナルを夜襲。敵前上陸セリ（戰車も含）。ツラギの我が警備兵五〇〇名。「最后の一兵まで頑張る。武運長久を祈る」の電報を最后に通信連絡不通となる。

鑵修理の為第一栈橋横附け

「ソロモン群島ツラギに敵米英輸送艦隊現はれ上陸。之に對し我が警備隊（約五〇〇）應戰中なるも全滅ならんと」

之が為めラボールより航空機零戰、陸攻等魚雷、爆弾をふところにツラギに向かふ。ラボールも緊張あり。鳥海（八F旗艦）始め、艨艟ラボール湾になし。

夕刻日没前、敵B―一七型四機頭上に飛来、中一機、石油をこぼしてゐるのであろう、スピードを落して編隊よりはなれ白い糸を引いて行く。我が文丸頭上で果敢な空中戰。アッ！　爆弾投下。十發程。五〇〇米前方の海上、椰子林に投弾され爆發。思はず「小癪な」と胸引締る。空中戰は続けらる。

豆を射る様な銃声が大空で聞へる。敵のか味方のか機銃の彈丸が淡赤く、両方の飛行機の間に糸の様に見える。アッ！　敵B―一七も火を吐く。思はず手を打って拍手喝采。なれど又消える。さすがB―一七だ。なれど航空隊（西飛行場附近）で終に炎々火を吐いて夕陽に映ゆる大空から一路哀れ海底の墓所へ。

地上ではラボール港、市内一帯に歓呼のどよめき。残り三機も終に海上で落したそうだ。天晴れ！　天晴れ！

着任第一夜早くも空中戦及爆弾を見舞れ、戦線の気分満喫す。

＊鑵……蒸気機関の釜。汽鑵。ボイラーのこと。当時の艦船のエンジンは石炭を燃料とする蒸気機関が主流であった。「鑵」は「罐」と同義で、「罐」は「缶」の旧字体。

＊零戦……海軍零式艦上戦闘機。太平洋戦争前期に大活躍し、敵に恐れられた名機。操縦が極めて容易で、運動性能が良く、空中戦に強かった。一万機以上生産され、終戦まで海軍の主力戦闘機であった。「ゼロ戦」の名で有名。「零式」は、制式採用された年、昭和十五年が皇紀二六〇〇年に当たり、その最後の数字〇をとった。

＊陸攻……陸上攻撃機のこと。中攻とも呼ぶ。九六式陸攻、一式陸攻等が有名。

＊B―17……米国ボーイング社製造の四発の重爆撃機。五つの銃座を持つ強武装が「空の要塞」の愛称を生み、四発大型に似ないそのスピードが「爆撃機の革命」と言わしめた。連合軍のドイツ戦略爆撃の主力機の一つとして活躍。乗員九名。最大時速四六二キロ。十二・七ミリ十三。爆弾四・九トン。

ラバウル基地の零戦の列線と右が九六陸攻

八月十日　ラボール

一、鳥海入港。其他駆逐艦数隻入港。鳥海負傷五、六十名？　死者三十余名。
一、天龍、龍田入港。
一、明陽丸、佐五特陸五百余名（月岡部隊）満載（火焔放射器も）、ツラギ上陸に向ふ途中、敵潜の為め沈没。生存者準以上三名。（軍医科二、主兵曹長一）、兵一三〇名位、沈没時間三分と。同船に同期生稲垣少尉（東医出）乗船中なるも同少尉、津軽に用便中なりし為助かる。
一、ソロモン海戦々果　撃沈・破　戰艦一
巡洋艦八　輸送船十一杯位
駆逐艦七
敵はツラギ港に投錨。約一ヶ師位の兵力を上陸。ツラギは米兵で充満せりと、我警備隊は強引に抵抗中なりと。我が艨艟、鳥海を先頭に夕張、夕凪、朝風、湾内突入、魚雷砲撃す。水雷戰隊、夜襲す。
（我同期生　結縁中尉、その警備隊附なりと。如何にせしや。通信杜絶す。安否気付かはる）
一、夜、四飛行場空襲され、火炎起る。
一、敵機一機偵察に上空現はす。一二〇〇頃
一、八根病舎　軍医長　少佐
中少尉、上川中尉、比留間中尉、看ゴ長　堀田兵曹長
高宮大尉に遭ふ。
病舎は鳥海患者で大騒ぎ。明陽丸生存者で廊下にはみ出す始末。
八月十一日　ラボール

夜間〇二〇〇　敵一機頭上に空襲。焼夷弾、照明弾を落す。被害なし。

＊焼夷弾……敵の建造物や陣地を焼くことを目的とした砲弾や爆弾。可燃性の高い焼夷剤と少量の炸薬を充塡する。

＊照明弾……火砲発射、または航空機から投下する照明用の弾丸。夜間の探索、戦闘・合図などの目的で使用される。

八月十二日

一三〇〇　敵B－一七型七機編隊、高度五〇〇〇、北方より空襲。在湾船舶目がけ爆撃。二十数發、水柱数十丈。

直接被害なきも至近弾にて松本丸三十名負傷。敵は鳥海をねらったらしい。

八月十三日

一、台南航空隊で映画あり。（大相撲夏場所映画及大都「勤皇大和櫻」、東宝「ハモニカ小僧」

一、巡洋艦加古、敵潜により撃沈さる。大部分生存す。

八月十四日　ラボール

初鷹、若鷹＝外南洋部隊に編入す。本艇、罐修理完了「明朝〇五〇〇ショートランドへ向け出港。「秋風」の命を受け「秋津湖」警戒に任ずべし。（八根司令官發）五特根軍医長より書類一通受理。

東京への第一報を出す。中軍医少尉の訪問を受く。

八月十五日　航海中

　午前五時、ラバウル港出港。一路ブーゲンビル島南端ショートランドに向け南下す。約三〇〇浬ありと。

　ラバウル湾を出る頃より風波高まり、艇動揺す。雲低く、不気味さをたゞよはす。遂にガブリ始める。艇は木の葉の如く浪にもまれる。不気味な航海が続く。

＊浬……＝海里。海面上及び航海上の距離の単位。一海里は一八五二メートル。

八月十六日　航海中　ショートランド入港

　激浪は益々烈しくなる。艇は卅度位傾く。両舷は潮をかぶる。横波を喰ふと艇は浪に呑まれるのではないかと思はれる程だ。三丈位の山の様な浪、艇におどりかゝる。

　一三一〇頃　左舷三十度に敵機（双發）？　一機現はる。盛に我に向って發火信号す。遂に本艇之に對し、機銃、小銃、八糎砲の對空戰斗。為北に向ふて遁走す。敵機？　は何等抵抗せず。

　一四〇〇、スコール沛然と来るに雷雨となる。激浪、風雨、艇は気の毒なほど動揺する。勿論乗艇の我々の気持こそ哀れなれ。

　一七〇〇、ショートランド着港、投錨。港に秋津湖、秋風の勇姿あり。晴雲低迷。浪高く、無気味な暗黒の夜。敵近ければ。

＊沛然……雨がひどく降るさま。

八月十七日　ショートランド

早朝より抜錨。ショートランド港口の哨戒に任ず。五―六〇〇〇米位の間を行きつ戻りつ。哨戒とは誠に無味乾燥なり。縁の下の力持ちとはこの事か。一日の経つのが長い事。終夜続けられる。かもめが数百羽、魚の群でも發見したのであろう。水中目掛けて急降下。

＊抜錨……船の錨を上げること。
＊哨戒……敵の襲撃を警戒して見張ること。

八月十八日　ショートランド

午前六時、假泊投錨。浪静かに空は晴れ渡る。

第二大和丸、第三朝日丸（特監視艇）入港。

晝食后、「カッター」にて酒保物品徴發に「秋風」に到る。秋風軍医中尉相羽氏に會う。「森永健康の糧」「虎屋の羊羹」を頂戴。「秋津島」に到り、牛肉を取り来る。

午后六時、「ＲＲ近海敵潜出没」の報入る。艇長より「マーシャル方面に敵逆襲あり」の報を聞く。鳥海以下再度ツラギ方面作戦に行けりと。

＊徴發……軍事物資などを人民から集めること。

八月十九日　ショートランド

出港、突如（とつじょ）取止め休業。秋津湖より「本艇ハ二十日二十二日哨戒（ショウカイ）作業」となる。〇九一五、南西方面に敵機一機、偵察飛行す。高度低し。

状報、「敵潜發見。ＲＲ一五〇度、五六浬（カイリ）沖。敵ルンガ陣地ヨリ我ルンガ陣地ニ砲撃。敵ハ大發ニテ敵弾着観測。艦艇、機動機ニヨリ制圧頼ム」午后（ごご）、部下六名と共に附近の畠に上陸。果物の徴（ちょう）發（はっ）に行く。椰子（やし）ばかりなり。英米が居（い）た形跡あり。椰子（やし）の植林は格子（こうし）の如（ごと）く行儀（ぎょうぎ）良く、二、三軒の小家屋は島守とコブラ採取場なり。土人も居（お）らぬ無気味な島なり。

一三五〇、敵Ｂ－一七五機空襲。沖合哨戒中の駆潜艇に爆弾の雨。秋風、秋津湖より猛射するもとどかず。

午前の偵察飛行の報告をキャッチするに笑止千万（しょうしせんばん）。「ショートランド沖に巡二、駆二、輸送船二、小型船一」とある。数丈（だけ）は合ってゐ（い）るが。

今晩は月明。南十字星冴（さ）ゆ。誰か故郷を思はざる。

八月廿日（はつか）　ショートランド

〇七三〇、出港。對潜哨戒（たいせんしょうかい）作業

敵状報　一、「敵巡二、駆九、航母一」ツラギ近海ニ現ハル。

二、敵潜水艦ＲＲ一一六度、六〇浬（カイリ）海上ニ現ハル。

八月廿一日（にじゅう）　ショートランド　休業

〇八〇〇、艇長と共にショートランド警備隊（一ヶ小隊＝八十一警）に到る。更（さら）に白人宣教師教会に到（いた）る。白人三人、分らぬ英語を饒舌（しゃべ）る。

陸攻、戦斗機約二十機、敵殲滅に行くのであろう、悠々たる編隊で南下す。夕刻「陽炎」入港。

八月廿二日

八時入港　哨戒作業

一〇三〇頃、敵B―一七約六〇〇〇の高度にて偵察に来る。「陽炎」「秋津湖」よりの猛射もとどかず。

スコール多し。

ガダルカナル島のボーイングB-17爆撃機

八月廿三日

一四〇〇頃まで哨戒続けられる。又も敵機一機来襲。一四三〇、猛烈なるスコール来る。

八月廿四日　ショートランド

對潜移動警戒。一〇〇〇頃、駆逐艦三杯、南方に快速を以て進む。今晩の夜襲に向ふ「睦月」「弥生」なり。勇しき哉、駆逐隊。

心の中で彼等今夜二二〇〇の夜襲（RXA＝ツラギ）の成功を祈る。

一四三〇、水上機母艦二（讃岐丸、山陽丸）、駆逐艦夕立入港 錨泊。

八月廿五日　ショートランド

早朝、夕立、讃岐丸出港

午前のガダルカナル作戰機團（神川丸、金龍丸、三〇駆睦月、弥生、望月、卯月缺）作戰あり。神川丸、金龍丸、共に敵爆撃により火災。神川丸鎮火せるも金龍丸（特巡）は乗員を収容の上、睦月の魚雷に依り沈没せしむ。（〇八三〇）

一〇三〇、突如秋津湖より「重傷三名あり。軍医官、看護員の応援賜む」の電報あり。早速看護長と共に秋津湖に到る。今朝此処ショウトランドを出発。ガダルカナル方面、敵情偵察に行きし、飛行艇乗員三名（浜空）、敵の戦斗機にやられたのであろう、重傷三名あり。何れも背嚢部貫通銃創なり。特に一名は左腸腰部失肉挫滅破砕創（人頭大）にて重篤なり。

秋津湖軍医長、分隊士、山陽丸軍医長、「秋風」相羽中尉と共にその一名の手術に掛る。見ても悲惨と云ふべし。筆舌に盡し難し。

蒸し暑きのぼせる様な手術台で玉なす汗は防暑服、ズボンも水につかった如く。手術時間三時半、我を忘れて――。されど術後三十分、我等の甲斐もなく、皇國の空の勇者は倥偬と天にみまかりぬ。悲しき哉。彼の冥福を祈る。

金龍丸、睦月の沈没と云ひ、若鷲の死と云ひ、今日の知る我が思ひ唯々。

＊缺……「欠」の旧字体。
＊倥偬……慌ただしいこと。忙しいこと
＊みまかる……＝身罷る。死ぬこと。古くは、特に自己側の死の謙譲語。

幾千万波　異郷の空　月恍々と　星亦冴ゆ

八月廿六日　ショートランド

○七三〇、出港。對潜移動哨戒

一二一五、頭上にて敵機らしく、入機。之に我が下駄履き戰斗機挑みて空中戰。なれど敵悠々と北西に去る。

「ブナ」占領の佐五特残留部隊に敵P－一九の十一機の来襲を受け、機銃掃射を喰ふも損害なく。稲垣軍医長も恐らくそこに居るのであろう。思ひは同じ南洋の端、お互の武運の長久を祈り度し。

駆逐艦三隻南下す。（○九○○頃）

*下駄履き戦闘機……フロートを備えた水上戦闘機のこと。
*「佐五特」……佐世保第五特別陸戦隊のこと。

八月廿七日　ショートランド

敵艦隊再び現る。戰艦一、航母一、巡洋艦数隻、駆逐艦多数、敵潜水艦一、近くに現はるの状報入る。

山陽丸軍医長に逢ふ。同艦に祐森中尉乗組居ると。陸上に居るので逢へず。なれどショウトランドで彼氏に逢ふとは夢の様なり。

山陽丸はさすが郵船の優秀船（八○○○頓位あろう）。大きいのには驚いた。本艇が小さ過ぎるのかも知れぬが。蘭印スラバヤの蜜柑及チョコレートの御馳走になる。
午后七時、ラヂオニュースは第二次ソロモン海戰の戰果發表あり。
航母大型　大破、航母中型　中破、戰艦（ウエストバージニア型）一　大破
我が方の損害　小型航母一　中破、　駆逐艦一　沈没
二〇〇〇、出港直ぐ對潜移動哨戒。
月の出は我の出港と同じ東の空に大きな満月が。旧暦のお盆は丁度今頃であろう。

＊蘭印スラバヤ……オランダ領東インド（現インドネシア）のジャワ島北東部の港湾都市。

八月廿八日　ショートランド
一〇〇〇、勇しき駆逐隊三隻南下す。

一一〇〇、敵ノースアメリカン型一機現はる。偵察らしき。又もブナに敵P三九、十数機来襲、我之を撃退せりの状報入る。

今日も亦、縁の下の力持ち。對潜移動哨戒の一日が暮れる。出港（RR）以来、満二週間なり。

一九〇〇、ラヂオのニュースは中華民国答礼使節に平沼騏一郎男、有田八郎、永井柳太郎の三特派大使派遣を知らす。

一九三〇、平山大佐の「第二次ソロモン海戰」の放送あり。本日を期してガダルカナルに上陸作戰ある筈。如何にせるや。

明日にも状報が這入るだろう。ガダルカナル及ツラギには一万有余の米海兵が揚陸されてゐると。

八月廿九日　ショートランド

早朝電報入る。昨夜のガダルカナル、敵前上陸は遂に失敗に帰す。敵機約卅機の来襲により、揚陸不能となり我が駆逐艦一沈没、一航行不能、揚陸中止の敗報なり。

残念至極。

更に今夜及明早暁上陸を強行、如何にしても米兵の止めを刺さねばならぬと作戦決定——その為か一一〇〇、駆逐艦五隻、爽風と南下す。

今夜及明朝の作戦には木更津及三沢航空隊も参加すると。

米國は人間を一万余も陸に揚げたからには見殺しにはならぬと必死なのだろう。金と物とに物を云はせてさすが航空兵力丈けは仲々侮り難し。然し彼等の運命も風前の灯か。

一四三〇、更に駆逐隊（四隻）堂々南下す。されど敵大型機一機はＲＸＥ即本地方に飛来偵察し、駆逐艦隊（午前南下せる）を發見。彼等の航空基地ＲＺＱ（ポートモレスビー）に報告してゐる状報が這入る。小癪なりと雖も致し方なし。今夜及明朝の上陸作戰の成功を心から念ず。

八月卅日（日）於ショートランド

昨夜及今晩のガダルカナル上陸したらしい状報入る。上陸したら占めたものだ。

〇七三〇、出港。給油の為め、ショウトランド港泊地に向ふ。泊地はさすがに瀬戸内海の様に静かである。我が海軍の船團が浮ぶ。

油槽船「あけぼの丸（一二〇〇〇頓）」より約七〇頓の給油を受く。その「あけぼの丸」に横着けせる二杯の駆逐艦。これぞ一昨廿八日のガダルカナル敵前上陸に萬憾の涙を呑んで引帰した艦なり。一杯には陸軍兵が暑苦しそうに乗ってゐた。再擧を期する意気が彼等の日焼けせる額に浮んでゐる。なれど他の一杯（夕霧）は敵急降下爆撃機の直撃弾を二番煙突及砲塔に三個受けて、見るも気の毒な姿なり。よくも魚雷の誘發を免れたと思はる。戰死傷がさぞ多数あった事と思はる。当夜の激戰が偲ばる。当夜の水雷戰隊は「天霧、夕霧、朝霧、白雲」の四隻だった。その中夕霧は沈没。白雲は大破。后の一杯は天霧か、朝霧か。白雲曳航の命受くるも直に中止となる。

假泊（秋津湖ブカに出張中の為め）。

某書を繙いて見たら、我が海軍特設艦船（商船）の中には一万頓以上の船が卅三隻も居るのには驚いた。七―八〇〇〇頓級はざらなり。海國日本頼母しく〳〵。

八月卅一日（日）　於ショートランド

遂に八月も今日一日となる。海上勤務で作戦に従事してゐると一ヶ月位経過するのは文字通り夢の様だ。

〇五〇〇、出港。〇七三〇假泊。

發現地航空隊指揮官、「津軽ハＲＸＩ一五〇浬圏内ニ出撃スベシ」

發三水戰司令官「二十駆、十一駆（叢雲欠）。陽炎ハ本日〇八〇〇、ＲＸＥ出撃、引続キＲＸＩ方面ニ陸軍部隊揚陸セントス。揚陸開始二一三〇」

〇八一五、右部隊ならん八隻の駆逐艦、白波けって勇躍南下す。成功を祈りて止まず。

一〇三〇、敵機Ｂ－17来襲。ＲＸＥ泊地上空偵察。本艇七・七機銃及小銃、之を攻撃。敵は執拗に約四十分上空にあり。北方に爆弾を投下せるものの如く、夕方より猛烈なるスコールあり。

南十字星の輝く、ソロモンの島、その島かげに停泊してゐる
毎日激しい戰闘の詳報が入る

同時に多数の犠牲者も知らされる
私はふと、不惜身命、惜身命の理を考へる。
同じ月が　また　東の水平線の　眞黒い雲間から
椰子の葉をすかして　浮んでゐる
私に何か言ひ度い様な　お月様の顔
私も何か言って見たかった　けれど……
珊瑚礁に跳びかかって来る　南海の飛沫の声が
意地悪虫の如く　でも怒る気にはなれなかった
昭和十七年の八月と　永久のお別れを

南緯六度、東経一五五度　ショートランドで。

船酔ひは　さぞ苦しからんと　問ひ給ひし
母の手になる　千人針して

*不惜身命……身命をささげて惜しまないこと。

月さんが　まるで　黄いろい水と　緑の　真青い雲間から
椰子の葉をすかして　浮んでゐる
私にはかあさんの様な　お月様の顔
私も何か言って見たかった。けれど……
珊瑚礁に跳びかかって来る　南海の　さざ波の音が
意地悪虫の如く　でも　故郷の事は思はなかった。
昭和十七年の八月と　永久のお別れだよ
南緯五度　東経一五五度　ショートランドで。

船酔ひは　さぞ苦しからうと　問ひ給ひし
母の手になる　千人針して

九月　日　ショートランド

過ぎた九月　即ち秋になった　昭和十七年の夏は南洋で送ってしまったのだ
秋になったとは云へ　悲しいかな南洋には秋も冬も　そして春もない
否　却って　これからは　南洋には夏が来るわけだ
やっぱり日本人は四季が恋しい
内地では二百十日　お百姓さん達の一番頭を悩ます秋である
我が家の　父が植えたし　畑には
紅いトマト　水々滴る胡瓜　そして美しいとうもろこしが
實ってゐることだらう
可愛い弟妹達は　やはらかい野原に
虫を追ってゐるに違ひない
皆んな元気でゐるに違ひない
夜空は　冴え　冷々とした　夜のとばり
静かな夕　こほろぎが鳴き　はるかとび交ひ　蛙が鳴いてゐる
故郷の人々　健在であれかし
と祈る

○七三〇　出港　対潜移動警戒（秋津洲は此（ブカ）に出張中なので）
山陽丸には酒保物品を沢山搭載しあり　守ってやらねばと　艦長は
最も堅い奴を見せて　警戒作業が続けらる
今日は　すっかり静かな和やかで　鐘　読数のみ　不味いパパイヤの實
のけが続く
なほ　劇しい作戦は続けられる　即　本日迄の諸状況報ずる。

第三章——戦陣日記(II)

九月一日　ショートランド

遂に九月即ち秋になった。顧れば昭和十七年の夏は南洋で送ってしまったのだ。秋になったとは云へ、悲しいかな南洋には秋も冬も、そして春もない。否、却ってこれからは南洋には夏が来るわけだ。矢張り日本人は四季が恋しい。

内地では二百十日。お百姓さん達の一番頭を悩ます秋である。

我が家の　父が植えにし　畑には
紅いトマト　みどり滴る胡瓜　そして美しいとうもろこしが
実ってゐる事であろう
可愛い弟妹達は　やはらかな野原に
虫を追ふてゐるに違ひない
皆んな元気でゐるに違ひない
夜空は冴え　冷々とした夜のとばり

静かな夕　こほろぎが　鳴き　ほたるとび交ひ　蛙が鳴いてゐる
故郷の人々　健であれかし　と祈る

○七三○、出港。對潜移動哨戒。（秋津湖はＲＸＣ〔ブカ〕に出張中なれど）「山陽丸には酒保物品を沢山頂戴したから守ってやらねば」と艇長は義理堅い処を見せて哨戒作業が続けらる。食事はすっかり野菜物がなくなって罐詰類のみ。不味いパパイヤの實の汁が続く。されど劇しい作戰は続けられる。即本日左の諸状報入る。

一、トラック南水道近く、○九三五、敵潜水艦の攻撃を受く。直ちに爆雷攻撃（九個）す。効果不明。（發天津風艦長）

一、伊一一○号、３１／Ⅷ、○二○五、（三潜水麾下）、敵貨物船一に魚雷二本命中さす。撃沈せりと。

一、米海軍省發表
　（イ）、ＲＸＩニ於テ敵零戰斗機一八機ノ攻撃ヲ受ケタルモ、七機撃墜。之ヲ撃退セリ。
　（ロ）、潜水艦ハ○○半島ヲ偵察。無事ミッドウェーニ帰還セリ。

一、木更津空、三沢空（各九機）ハ（制空隊第三Ｆ戰斗機全力）ハ２／Ⅸ、ＲＸＩヲ攻撃。敵航空兵力ヲ撃滅スベシ。

一、陸軍岡田部隊（佐渡丸、浅香山丸＝一○○○名、大小發四十八隻）叢雲、夕立護衛ノ下ニ１／Ⅸ○六○○ＲＸＥ發イサベル島西部（Barhrbitu）附近着。附近沿岸に潜伏。４／Ⅸ、東南端サンジョウゲ島北側水路ニ潜伏。５／Ⅸ未明、ガダルカナル島北端ニ上陸敢行ノ予定。２／Ⅸ夜、タイボ岬附近ニ上陸ノ部隊左ノ如シ。

津軽、哨戒艇二、辰和丸、敷波、浦風
○六一五、右岡田部隊を満載せる輸送船颯爽と南下す。夕暗近く突如「第二文丸ハ直ニＲＸＣブカ泊地ニ到リ、對空哨戒ニ当ルベシ。發ハ根参謀」の命令あり。ショートランドに別れを告げて、月出でぬ暗黒の海を一路北上す。

＊爆雷……潜水艦攻撃用の爆弾。水中に投下または発射され、一定深度に達すると爆発する。
＊麾下……「大将の指揮の下」の意味から、ある人の指揮下にあること。
＊大發……大型発動機艇の略。「小発」は小型のもの。陸軍の輸送及び上陸作戦用の舟艇。

ソロモン上空を征く零戦隊

九月二日　航海　ブカ入港
此処ソロモン群島に於ける二百十日はあまりにも静穏に暮れた。ブウゲンビルの聳立する山を右の雲間に見て徒然なる航海は続く。
島崎藤村著、詩集「早春」を五十頁程読む。
一三三〇、我が戦斗機部隊は編隊も鮮かに十七機、今日の戦果（ＲＸＩ攻撃）を土産に悠々ブカ上空通過帰還の途にあり。御苦労でした。嗚呼！　一機編隊より離れて高度低く本艇の上空を過ぐ。見れば気の毒に翼には大きな穴、痛々しい姿。無事基地に帰ってくれる様に。一六三〇、ブカ泊地入港假泊。静かな港。艇はほっとした様に微動だにせず浮ぶ。「これぁ、ショートランドより遥かにい、ぞ」誰か水兵の奴が叫んでゐた。椰子の葉蔭に土人の部落が十許り。土人がカヌーで夕陽に映ゆる海——今、本艇が歩いた方へ漕いで行く。何しに行くのであろう。

東の浅い海面が我が攻撃機らしきもの不時着せるのだろう、機体を海に突込んだま、悲しい姿を横えてゐる。

本日の電報左の如し。

(1)一二〇五、敵巡洋艦一、輸送船一RXTに入港す。四駆は直に之を撃滅すべし。發十八戰隊司令官。

(2)一五五二、敵襲、連絡不能。發呉三特司令。

(3)本日於RXI友軍飛行機は大なる戦果を挙げた模様なり。發津軽、陽炎艦長。

西の空に稲光が劇し。一九〇〇、ラヂオニュースは東郷外相の辞職。東條首相の外相兼攝及び大東亜省設置の報を傳ふ。

凪なければ　静かにして　蒸し暑き　夜なり。

ひたすらに　捧げまつらん　大君に
あしたゆふべの　さだめなき身を

＊聳立……高くそびえ立つこと。
＊兼攝……兼ねること。

九月三日　於ブカ

朝来俄雨頻到る。〇七三〇、出港予定たりし処天候悪しき為め、見合せとなる。土人、カヌーを操りて本艇に来り。パパイヤ、バナナ、鼈甲の皮を買ふ。買ふと云ふても物々交換。即ち煙草と代へる。彼等仲々商売気を出して一個と一個の交換である。之れでは却って高いものになる。土人の肌は黒褐色、縮れ毛、鋭い眼、淡白い手掌。まるで類人猿を思はす。

本日RXTの敵部隊攻撃は天候不良の為め、不可能の由電報入る。杉浦重剛翁の倫理學進講草案を一〇〇頁程読破す。啓蒙感銘せしむる処極めて大。江湖の名著と云ふべし。

艇静かなるを幸ひ、朋友数氏へ便りをしたたむ。

東京・池袋なるともがらに

遠き身なれば　星月夜打眺めても　物思はで
あやめもわかぬ　南の今宵
あやしくも憂き身に絶え間なく物思はする。
ひとりつれなき吾が思ひは　さびしく胸に忍び入るなり

＊江湖……「中国の揚子江と洞庭湖」から、川と湖のこと。転じて世の中、世間。
＊ともがら……仲間のこと。「輩儕」と書く。

九月四日　於ブカ

天候快晴。暫く振りで南洋の空を思はす。〇七三〇、出港。珊瑚礁にかこまれた静かなブカ島と小島との間を縫ひつゝ、ゆるやかに艇は滑る。水清く底が鼠色になって水面に映る。過ぐ行く島々の辺には濠州の人でも植林したのであろう。椰子の林、その間に土人の部落が見え隠れする。本当の水色とは珊瑚礁の砂浜に浮ぶ水の色ならん。遠く白波がよせては返し。

一〇〇〇、島と島の間に假泊す。

一三〇〇、第一陣散歩上陸組と共に三百米先に浮ぶ島に上陸。土人が迎へてくれる。女達は驚いたのであろう、皆逃げてしまふた。

煙草を大好物とする彼等と物々交換が始まる。バナナは山程仕入れた。この部落は仲々整然としてゐる。石のとりでが巡らされ、集會所、寺子屋の様なのが小綺麗に建ってゐる。屋根は椰子の葉葺きで極めて精巧なり。柱にトカゲの彫刻がある。酋長（自分で称してゐる）の家には自転車がある。カヌーは縁の下にどの家でも置いてあった。彼の唯一の財産であろう。「いんこ鳥」を一羽物々交換で得た。赤い毛のいんこ。忽ち本艇の愛嬌物となる。兵達が喜んでくれる。私は鳥を得たそのものの誇らしさより、本艇のマスコットとして兵達が喜び可愛がる姿を見て喜しさを感ずる。「文ちゃん」と呼んでやり度い。椰子の實を美味しそうに食べてゐる。

一一三〇頃、我が攻撃機、戦斗機の一群が（約卅機）灼熱の太陽に銀翼を連ねて戦果の土産も颯爽と西に帰る。勇しき哉。

夢がごと　静かにうごく　星くずは
あやめもわかぬ　やみのみ空に

九月五日　於ブカ

一二〇〇、出港。南下す。ブーゲンビル島とブカ島の間のブカ水道に入り假泊。土人達が軍艦が来たとばかりに恐れてカヌーもきれいに逃げ出す。風光絶佳な港なり。椰子林が青々とした緑の芝生の上に行儀よく生え、朱塗りの綺麗な家屋が建ってゐる。一六〇〇頃、土人の一団がカヌーで物賣りに来る。可愛い四、五歳の子供とゐる。

「むすび」をやったら、とてもその親子が喜んでゐて、パパイヤを三つ程くれる。あどけなし。煙草を二、三本と交換するものだから、中には全然置いてゐかずに帰る奴がゐる。ブツ〱不平を云ひ乍ら。夕方、特別監視艇光進丸横着け。艇長が仲々面白い話をしてゐた。このブカ島警備隊及飛行場に時々敵空襲ありし。又敗残兵が無線器を持って山中に隠れ居る由。今日のパパイヤは美味しかった。

天の戸は　開き給えと　こひねごふ
　遠の山川　かくれ見えねば

九月六日（日）　於ブカ

〇九〇〇、出港、転錨。風少く猛暑烈し。土人の群が一日中押し寄せて来た。若い土人は仲々日本語を知ってゐる。

食料船及之が護衛のキャッチャーボートで入港。

曾て我が館砲時代の教官、安田義達大佐の指揮する横五特陸はブナに向ふ予定らしい。ブナ方面RXJは天候悪く、飛行機の行動阻害され、彼の地に居る我が陸上部隊は苦戰の如し。
本日、敵は特にRXEに對し作戰を計劃し居るものの如し。RXEの警戒を嚴にすべしの命来る。

うち煙る　南の夜の　静けさに
月　俤の　心地こそすれ

＊俤……おもかげ、顔付き。ようす。
＊館砲……海軍館山砲術学校（千葉県）のこと。兄は軍医学校卒業後、一ヶ月程この学校でカッターなどの訓練を受けた。

九月七日（月）　於ブカ
見事とも云ふべき快晴に、南洋の日は骨に沁み込む様に射る。今日も一日中ブカ島泊地にて無事なる日を送る。
RXEに敵大型水艇三機現はるも、之を撃退せりと。又我が飛行機群はRZQ方面に敵を求めたれども獲物なしと。
發八根長官、最近、敵米国は新鋭なる大部隊（落下傘部隊をも含む）を濠州に輸送せる形跡あり。何か新作戰を計劃中のものの如し。当方面各部隊は警戒並防備を嚴にすべし。防備の材料不足の折りは至急申出すべし。との電入る。警戒すべし〱。

高潮の　みだれすさぶも　乗越へむ
心こめにし　千人針して

九月八日　於ブカ

今日も亦　身の置き処なき　暑さかな

灼熱の太陽は厭應なしに射り下る。

一二〇〇、転錨。ブーゲンビルの山麓の方に移る。椰子林の海岸辺りに立派な洋人の館がある。艇長と共に上陸して見たが、荒らされた家屋は仲々。かゝる山間の地に似合わず。彼等欧米人らしく大したものだ。囀る小鳥は無数に椰子の葉蔭で遊ぶ。牛が十頭程さびしそうに歩いてゐた。艇長は明日、之れを捕へて食用に共せんと。工場の如きものあり。かゝる人里はなれた僻地にしては豪勢な限り。今日は何処からともなく不気味な銃声が聞えて来た。

（一）二一四〇、第四駆、ノルマンビール島東方ニテ敵雷撃機四、爆撃機四、戰斗機一、以上ノ攻撃ヲ受ク。
　嵐、魚雷損傷（重傷一）。
　天龍、被害ナシ。

（二）ＲＸＩニ又ヤ敵兵團来襲セリト。

空鏡(そらかがみ)　さやかならねど　我が顔に
光は落ちて　触(ふれ)るぞうれ志(し)き

九月九日（水）　於ブカ

午前兵員の入浴（陸上洋人家屋に於(おい)て）。短時間上陸許可。小銃二梃(ちょう)を引きさげて牛狩りに向(むか)ふも、牛は逃げ去って居(お)らずと。

一二四五、出港。ＲＲに帰投すべく一路西行(さいこう)す。

九月十日（木）　航海、ラボール入港

洋上に一日が明け暮れる。正午頃より愈々(いよいよ)ニューアイルランド及(および)ニューブリテンの両島蔭(しまかげ)が浮ぶ。

一二〇〇頃、巡洋艦二、南下す。

一六〇〇、ＲＲ入港。顧(かえり)みれば八月十五日早朝出港以来、満廿(にじゅう)七日振りなり。噴火山が相変らず煙を吐(は)く。ＲＲ湾口には我が艦隊は湾口狭(せま)しとばかりに入港中なり。即(すなわ)ち、鳥海(ちょうかい)、天龍(てんりゅう)、龍田(たつた)、津軽(つがる)、駆逐艦約一〇、潜水母艦一、潜水艦一、特務艦約一〇、病院船氷川(ひかわ)丸は白体を横たへる。実に見事な勢揃(せいぞろ)ひなり。

（一）敵ハ有力ナル機動部隊ヲ以(モッ)テ来襲ノ模様、警戒ヲ嚴(ゲン)ニスベシ。（發(ハッ)八Ｆ長官）

（二）ツラギニハ敵巡一、駆逐艦一〇位居(イ)ル模様(モヨウ)。

我が航空部隊は連日ＲＸＩには攻撃中なるも、大した戦果挙(あ)げ得(え)ず。

五特根渡辺軍醫長より左の通り書類受理す。

（一）戰時医事月報ノ件。
（二）医務書類処理ニ関スル件ノ通知（發四F軍医科士官）及他一通。（發四F軍医長）

九月十一日（金）　於ラボール
○七〇〇、出港。給水船和洋丸より清水補給六噸。
○九一五頃、我が飛行機が飛行場上空で、急降下爆撃の猛演習中悠々敵B―一七一機RR湾上空に来襲。一回転偵察して帰る。直ちに我が戰斗機群上昇するも、敵は見る間に蚊の大きさになる位高度を上げる。逃足の早きこと〱。
　午后上陸。二十八日振りでラバウルの土を踏んだ。沢野部隊に比留間軍医中尉を訪ね御馳走になる。更に八十一警病舎に中少尉、上川中尉を訪ぬ。更に二空に居る某中尉（同期生）と共に歡談限りなし。

　我が家に手紙を出す。金百円、金五拾円（佐原）に送金、及増俸本給の家族渡手続を取る。午后、我が家から初の便りが来た。

　5／Ⅷの日附である。よくこんなに早く届くものだ。何回も〱繰返して読む。思はず涙が出た。自ら頑張って、この親、この弟妹達の志に報ひねばならぬと誓ふ。

　新乗艇者三名（水兵一、機兵二）乗艇す。生糧品、酒保物品補給す。

九月十二日（土）　於ラボール
○五〇〇、出港。特設給油船極洋丸（捕鯨母船）より重油補給。極洋丸はまるで見上げる様な大きい甲板に零戰二十数機搭載しありたり。上甲板はまるで運動場の様に廣い。屹水線下十一米程あり。デカイとはこの船の事なり。（家へ送金百円、佐原へ送金五十円）○九○○頃、又もや敵空襲なれど敵機姿を見せず。味方飛行機がはるか上空に哨戒乱舞せる為ならん。

午后、退艇者二名（機二）見送り上陸。焼けつく様な街を歩いて支那街を見物す。八十一警病舎にて中少尉より煙草を分けてもらふた。中少尉、上川中尉、二空○○中尉、佐六特某中尉（昨夜内地よりラバウルに来る。佐六特新編して吾妻丸に乗り居れり）等六十九期集まり談笑す。

二空某中尉……一、今朝ツラギ方面ニ我飛行機行クモ、中攻三機未帰還

一、今晩ソロモン群島方面ニ大作戰アリ。二空全機出撃。八艦隊ノ艨艟ハ聯合艦隊ト共同ニテ一撃ニ敵ヲ粉砕セント。

一、来月モレスビーモ陥落スルナラン。モレスビー最后ノ攻撃ハ陸軍ハ陸カラ海軍、陸戰隊ヲ、二空ハ空カラ、三者共同ノ総攻撃ヲヤル由。而シテ二空ハモレスビーニ進駐スルト。

佐六特某中尉……ナレバ我々ハモレスビー攻撃陸戰隊ナリト。

上川中尉……ラビ攻撃（二十七／Ⅷ実施）呉三特、千坂軍医中尉参加、上陸ニ成功。一時敵陣ニ深々突入セルモ、天候悪ク味方飛行機活動出来ズ。敵機ノ猛然ナ来襲ノ為メ遂ニ後退セリ。食品ハ焼カレ十日間中三日シカ、而モ満足ニ食事セズト。死傷者激シク、時、我ガ横五特陸（安田義達大佐）應援（駆潜艇二杯便乗）セルモ、上陸不可能トナリ、一杯ハ呉三特ノ敗惨部隊収容ニ行ケリ。ケレド山ノ中ニ逃ゲタリシテ連絡不能ナ兵ハ、残念乍ラ置キ去リデ見殺シナリト。横五特陸ハラバウルニ引返ス。千坂中尉ハ九死ニ一生ヲ得、軍刀ニ敵彈当リシノミ。

昨日、弥生、一五二五頃、敵機二○機の来襲を受く。終に沈没せり。○○五号掃海艇もガダルカ

ナルに於て沈没せりと、来電あり。

今晩も暑いけれど久し振りで月出ず。三日月なり。月夜になると敵空襲が始まる事だろう。明日は正午出港、ブカに向ふ予定なりと。

九月十三日（日）　於ラボール　航海中

昨夜、「第二文丸ハ至急出港準備ヲナシ置カレ度シ。發八根司令官」の命令ありたると。無事一夜は明けて今日も朝から暑し。

午前中、八十一警備隊、長谷川隊の陸戦隊員二十一名に高角砲（八糎）一門、砲弾、食糧等満載。正午又ラボールに別れを告げた。又もや空襲警報響き渡る。ニューアイルランドとの海峡にかゝる頃、波は此の前の如く、船は大きく動搖す。気分優れず。實にカブるのは苦手なり。頭痛はする。食事は不味い。

＊高角砲……侵入する敵機を迎撃するのに用いる火砲。陸軍では高射砲といった。

九月十四日（月）　於ラボール

昨日よりは遙かに波が静かになったけれども頭は重し。便乗の兵の中に二、三名苦しそうに嘔吐してゐるのが居る。ブカ島近し。

巍々として雲表に聳ゆるブウゲンビルの山が水平線上に浮ぶ。一一〇〇入港。ブカ警備隊員の話による。未だ残敵が無線器五台も有する約二十名、土人兵を使ふて山中にひそみ居ると。今日も討伐に出掛けたりと。

此処は静かでよいが風少ない。本日の電文は左の如し。

（一）ガダルカナル飛行場ハ敵使用中ニシテ約二十機位ナリ。飛行場ニハ装甲車二、B—17四、其他機数不明。

（二）陽炎、白雪ハ今夜タイボ岬ヨリ突入、敵艦船ヲ攻撃セヨ。

（三）24駆（涼風欠）、浦波、叢雲、夕立ハルンガ岬ヨリ突入、敵ヲ攻撃中。發一三日一九〇〇。

夕方警備隊より未だ生きてゐる豚を一頭頂戴。早速看護長が之を殺し、先任下士及小林一水が之を料理する。戰地だは、と思ふたり。左膝部フルンケル腫脹して疼痛劇し。

思ひやる　おぼろ〳〵の　その影は
八重の雲間に　かくれ宿らん

RXXレカタ　　RXWキゾ

*巍々として……山の高く大きいさま。高大なさま。
*腫脹……腫瘍などで、身体の一部がはれてふくれること。むくみ。

九月十五日（火）　於ブカ
今日は一日中雲に覆はれて涼し。こんな日が続いてくれると有難し。一日假泊せる儘何事もなく一日が終ってしまった。

又土人の操るカヌーの群が船に押寄せてパパイヤが沢山手に入る。此処ブカ島に居ればパパイヤの食詰めなり。戰場にこんな平凡な日があるのかと思ふ程平凡な一日であった。

「敵輸送船團現ハル。駆逐艦六護衛セリ」又もや小癪にも敵が近づいたり。何処に上陸すると云ふのだろう。敵も仲々活發な活動を見せてゐる。然し我がお偉方は何をしてゐるのだろう。敵の為めツラギ、ガダルカナル方面を攻畧されてから早や一ヶ月余の月が過ぎてゐるのに、こんなソロモンの島辺で喧嘩をしてゐては濠州攻畧は思ひもよらず、徒らに歳月を費すのみ。拙速を忌む。

井蛙は　海原遠く　遠りけり
学びの道も　かくぞありなん

*井蛙……井戸の中のカエル。見識の狭いこと。また、その人のたとえ。ここでは自分のこと。自分のような井戸の中のカエルは遥かの海まで遠く来たが、学問の道もまた同様なものだ、の意。

九月十六日（水）　於ブカ

昨夜熟睡中の二三〇〇、当番兵の空襲の報に起こされた。さては来たなと緊張裡に甲板に出る。夕方の猛烈なるスコールは已に止むも、月は雲に隠れて闇夜なり。何処が敵機姿は分からぬが上空でブーン〳〵と蚊の鳴く様な音が不気味に暗黒の闇に響いてゐる。

本艇の錨地より数千米離れた飛行場目掛けて投彈。二十發程炸裂する音と共に火花がボーと照り映える。焼夷彈もあるらしい。二十分間位行きつ戻りつして投彈してゐった。一昨日及昨日、味方飛行機がこのブカ飛行場に着陸したので敵敗残兵が諜報したのだろう。今朝の眞夜中の○一○○頃、又もや敵空襲なれど私は寝込んでゐてしまって何も知らなかった。二回目の奴は照明彈を以て投彈せりと。今日午前、警備隊員の話によると、宿舎附近及飛行場の眞中に命中せるも被害なし。土人の知らせで敵襲の恐れありとて総員配置についたれど何もなかったりと。さぞ彼等も五十名足らずの兵で心配志た事だろう。

昨夜起こされたので一日中眠たかった。泊假の儘今日も一日が終ったが蒸暑し。

(1)○一○八、レンネル島東端三七浬ニ水母一、駆一、更ニ航母一、駆二、速力二五節。同島東端ヨリ九九度七浬ニ駆五、輸送船四、其後約五浬ニ駆一、輸送船團發見(何レモ六○○○—八○○○噸)

(2)一五日、一八一五、味方航空部隊ノ攻撃ニヨリ、漂流大火災ノ敵航母(エンタープライズ型)一ハ左ニ大傾斜、一九○○、沈没セリ。

(3)敵輸送船團、今夜○一○○、「サンクリストバル」島北西水道ニ達スルモノト判断ス。第一潜水部隊ハ之ヲ撃滅スベシ。一五日一五三○。

(4)一六日○三三○頃ヲ期シ、飛行機部隊ノ全力ヲ以テ敵輸送船團ヲ攻撃スベシ。左ノ二ツハ、發聯合艦隊長官、宛各長官

(イ)RXNノ陸軍ハ、一二日—一四日攻撃実施スルモ、RXI奪回不可能ナリ。兵力整備后、途ヲ策スルニ決セリ。

(ロ)RXN攻略作戦ハ、陸軍ノ兵力増強ヲ俟チテ之ヲ再興セントス。

(5)二四駆、敵雷撃ノ攻撃ヲ受ケタルモ被害ナシ。

(6)ガダルカナル敵飛行場攻撃ノ陸軍部隊ハ、敵砲火烈シキ為メ今日ハ成功セズ。サレド、ガダ

ルカナル飛行場ニ於ケル敵機兵力ハ最近減少セルモノト思考サル。

誠に米國丈あって敵もさるものなり。盛んに活發な動きを見せてゐる。こゝ二、三日中の我が作戦が見物であろう。昨日〇七〇〇、出港湾口測量の予定なり。

＊錨地……船がいかりを下ろして停泊するところ。
＊雷撃……魚雷で敵艦船を攻撃すること。
＊諜報……敵情をひそかに探って知らせること。また、その知らせ。

九月十七日（木）　於ブカ

午前五時半と云ふのに日は射る如く蒸し暑く汗がにぢむ。身のやり場がない。全く今期の暑さに降参せり。

〇七〇〇、出港。ブカ港泊地の水深測量を行ふ。従って湾口の島廻り見度いなものだ。けれどジャングルの島ばかりでは面白くもなし。正午、陸地の部落近く假泊す。
（1）吹雪、潮、涼風、敵艦爆ノ来襲ヲ受クルモ、スコール中ニ廻避シ被害ナシ。敵機三撃墜確実なり。十六日一五五〇。
（2）第四駆モ敵急降下爆撃機及雷撃機約一〇ヨリ攻撃受クルモ被害ナシ。
（3）敵ハ我ガ輸送路ノ阻止ニ狂奔シツヽアル模様ナリ。
（4）今朝敵機一、RXEヲ偵察、RZQニ次ノ報告ヲナス。（輸送船五、巡一、其他三）
（5）敵潜水艦一、カゼル岬沖ニ現ハル。
一九〇〇、ラヂオのニュースは谷正之氏の外務大臣及情報局總裁親任、及青木一男氏の國務大臣就任を告ぐ。又独軍のスターリングラード市街突破を知らす。午前中航行中、先任下士の釣り糸に二尺五寸程の魚がかゝる。船中愉快なる賑かさ。早速夕食に「刺身」となって食膳に供されたり。

＊親任……天皇みずから高官を任命すること。
＊艦爆……艦上爆撃機のこと。航空母艦から発進し、敵の施設や艦船を爆撃する。主力は九九式艦爆と彗星であった。
＊雷撃機……魚雷を発射する装備をもつ航空機。
＊スターリングラード……ソ連（当時）南西部の工業都市。第二次大戦におけるドイツ軍とソ連軍との激戦地。
＊二尺五寸……約七十五センチ。

九月十八日（金）　於ブカ

今日は一日中灰色の雲が空を覆ふて更に良い温度。二、三回大きなスコールが襲来す。晝過ぎ陸上に徵發に出掛けた。二階建の一寸した建物は支那人の商店である。主人支那人（広東人の由）とその女房が二人ゐて、子供は六歳位のを頭に六人も居る。顔は青く痩せては居るが可愛い児達だ。我々が貰ふた慰問袋と明治キャラメルを十位与へたら、子供達はいぶかしげな目付をしながら受取ってゐる。親達は大分喜んでゐた。彼の男に米と箸とを与へて彼の大事にしてゐた十羽の鶏の中三羽わけてもらふた。妻君は大分いやな顔をしてゐた。我々も気の毒とは思ふたが頂戴す。こんな土人の部落も点在する椰子林の島で良くも二人の妻と六人の子供を養ふてゐるかと思ふと感心した。

本当に支那人は偉いものだ。

家屋の中の一片の紙に「日本軍大勝利。最后の勝利は日本にあり。されど戰争の前途尚遼遠なる」意味の文字が走り書きしてある。

本日左の如き電報あり。

(一) RR航空部隊、RZQ夜間爆撃ニ向フモ天候不良、視界狭キタメ引返ス。

(二) ブナカナウ飛行基地ニ敵空襲アリ。陸攻三、艦爆二、炎上ス。

(三) (イ) 海軍部隊ノ發見セル敵輸送船團ハ「タイボ岬」ヨリ揚陸ノ模様アリ。

(ロ) 敵ハ毎日一隻――二隻位ニテ陸上ニ物資ヲ揚ゲ、兵糧、武器、彈薬ノ補給増強ニ努メツツアリ。

(ハ) 敵ノ夜間警戒ハ不確実ナルヲ以テ、夜襲攻撃ハ公算大ナリト認ム。

(ニ) 味方陣地前面ハ処々ニ密林アリ。而モ敵ハ海岸正面ノミナラズ、密林正面ニモ陣地強力ニシテ味方海岸ニ出デントスレバ、敵飛行機ノ發見ノ恐レアリ。聯隊砲ノ如キ大ナル砲ハ運搬不能ナレバ、迫撃砲ノ増加ヲ願フ。

(ホ) 敵ハ我レ飛行場襲撃ニ失敗、後退スルモ一名ノ斥候ニ追尾セザレバ、敵ノ攻撃意志ハナキモノト推断セラル。

(ヘ) ミッドウェー作戰ノ二ノ舞ヲ防ガントセバ、航空母艦ヲ適宜ナ処ニ置キ後退シ、繰返シ飛行機ハ母艦ヲ離レテ陸上ニ着陸スル覚悟ヲ以テ作戰スルヲ可ト思フ。(何レモ、ガダルカナル陸軍、岡部隊長發電)

さすがの無敵陸軍も制空権を敵の手に託ねては進攻出来ぬであろう。

(四) 敵輸送船多数。〇〇〇〇島ニ物資揚陸中。巡二、駆逐十七隻、之ヲ護衛ス。(發ガダルカナ

ル通信基地）

然(しか)し日本海軍部隊は何をしてゐ(い)るのだろう。大きな獲物(えもの)を目の前にして、特に潜水艦及飛行機は誠にはがゆい次第である。矢張(やは)り「物」が足りぬのであろう。少し位の犠牲を覚悟して一挙(いっきょ)に敵を叩(たた)かねば戦ひ長びかせるばかりだ。こんな島の取りやりで日月を浪費して濠州(ごうしゅう)作戦は如何(いか)なるか。参謀の偉い方、確固たる信念の下(もと)、断案以(だんあんもっ)て敵を撃砕(げきさい)せよ。

＊断案(だんあん)……案をきっぱりときめること。
＊慰問袋(いもんぶくろ)……出征軍人などの慰問のために手紙・日用品・娯楽品などを入れた袋。
＊迫撃砲(はくげきほう)……曲射砲の一つ。砲口装塡式で、構造も簡単かつ軽量な火砲。比較的近距離の敵に対して用いる。
＊斥候(せっこう)……敵の状況や地形などを探ること。また、そのために部隊から派遣する少数の兵士。

九月十九日（土）　於ブカ

昨夜二二〇〇—二三〇〇頃、ブカ飛行場に又もや二回に渉(わた)り空襲あり。悠々(ゆうゆう)低空で照明弾を投げては爆弾を落す。されど私は少しも知らずに寝てしまった。呑気(のんき)なものだ。午后(ごご)より雲多く幾(いく)らか凌(しの)ぎ良し。

（1）本日RXN攻撃航空部隊ハ天候不良ノ為メ引返ス。
（2）RX方面戦斗(セントウ)ノ為メ飛行機増援方(カタ)願フ。（宛(アテ)海軍航空本部長）
（3）一九日一〇〇〇、敵潜水艦ニヨリ白金丸魚雷攻撃ヲ受ク。於RXE三十度C、四十五浬(カイリ)沖、一〇〇五、白金丸魚雷命沈没ニ瀕(ヒン)スルモ曳航(エイコウ)可能。直(タダチ)ニ白鷹(シラタカ)、之(コレ)ニ爆雷攻撃ニ向(ムカ)フ。効果稍(ヤヤ)

確実。（發夕霧艦長及白鷹艦長）

（4）タイボ岬附近ニ敵艦船ノ姿ヲ見ズ。昨夜ノ戦果知ラサレタシ。敵監視ノ都合アリ。（發ガダルカナル通信基地）

一四〇〇、転錨。今月上旬上陸せり。東南部の部落附近に投錨す。

九月廿日（日）　於ブカ

珍しくも終日小雨が降りては止みして、所謂鬱とほ志い天候であった。この分ではＲＸＩ攻撃の航空部隊も中止になる事だろう。土人が参々伍々カヌーで押寄せる。朝からパパイヤの食い詰めである。この分だとこのブカに居ると土人臭くなるかも知れない。

○九〇〇、一寸陸上に揚がって見た。緑の庭に美しい花が咲き乱れてゐる。一枝程折って私の室と士官室にかざる。花瓶がないのでパイナップルの空き鑵に生けた。生花は仲々難しい。いくらやっても自分の気に入った恰好になってくれぬ。然し一輪でも机の上に咲いてくれると、何となく麗はしさを添えてくれるものだ。

（1）本日ノＲＸＩ方面攻撃及ＲＺＱ空襲（第六及第一空襲部隊）ハ天候不良デ不可能トナル。

（2）ＲＸＥ方面敵潜水艦出没ノ状況ニ鑑ミ、当方面ニ防潜網敷設スルコト。

（3）ＲＸＩ敵艦船出入附近ニ機雷ヲ敷設スベシ。

（4）（イ）二十日〇九一五、敵戦斗機一六増援セラレタル模様ナリ。

（ロ）敵戦闘機三十上空哨戒飛行中。

發ガダルカナル通信基地

○九〇〇頃、東の山あたりに敵ボーイングの爆音らしいものが聞えたが、雲低く機姿は見えず。

夕刻になると綺麗な小鳥達が椰子の葉蔭で涼しそうに囀ってゐる。それが丁度内地の今頃、軒端で聞くすゞ虫の音の様だ。それだけが私に私らしさを感じさせる。

群鳥(むれどり)の　静かに啼(な)いて　誘(さそ)へども
椰子(やし)の島には　秋は来(こ)ぬなり

＊防潜網(ぼうせんもう)……湾入口付近に潜水艦の潜入を防ぐ鉄製の網。
＊機雷(きらい)……「機械水雷(きかいすいらい)」のこと。水面下に敷設(ふせつ)・係留し、艦船が接触したりすると爆発する水雷。

九月廿一日（月）於ブカ
朝来(ちょうらい)小雨が降り続く。この分だと甚(はなは)だ凌(しの)ぎ良い。然(しか)しこんなに毎日悪い天気が続くと、我が航空部隊の活躍がそれ丈(だけ)延期になるわけ。結局好天でなくては困るのだ。
一二〇〇、転錨(てんびょう)。教會(きょうかい)のある建物の陸上に揚(あが)って見た。立派な教會。こうした教會を見る度(たび)に彼等(かれら)白人の植民政策、外地政策の上手(じょうず)なのに驚く。こんな人里はなれた土人の部落にキリスト教を以(もっ)て忽(たちま)ち土人を従(したが)へる彼等(かれら)の政策は上手と云(い)ふよりも偉ひと云ふべし。
白人（男二、女三人）が居(い)た。何(いず)れも牧師及尼(あま)でフランス人及ノルウェー人とか。若い、とても日本人に似た支那(しな)女がゐた。可愛(かわい)い子供が三人居(い)る。斉藤兵長が英語で會話(かいわ)すると喜んで色々と話してゐた。自分も話そうと思ふたが英語は出ずに、独逸語(ドイツご)ばかりでは弱った。小さい畠に胡瓜(きゅうり)、なす、菜(な)が植えられてゐる。小じんまりとした白人の建物四つ。この白人達及支那女には何か好感がもてるものがあった。昨夜も敵の空襲があったそうだが、今夜も来るかも知れぬ。

九月廿二日（火）　小ブカ

案の定、昨夜二三〇〇近く、敵機一機来襲、朧月夜の暗の中を本艇の頭上から飛行場方面に飛ぶ。数發投弾、静寂を破って爆音がこだまする。大した処には当ったのではない様だ。今度は照明弾を二發、火の玉があたりを照らし乍ら「幽霊」の如くに静かに落ちて行く。何回も〳〵も上空を旋回してゐる。一時間位飛んでゐたであろうか。爆弾を落すなら落すで早くすれば良いのに。こっちは眠い目をこすり乍ら不気味な空を眺めてゐた。

今朝はしきりに豪雨到る。スコールでなくて地雨になったらしい。

終日土人がカヌーで本艇に押寄せる。可愛い愛嬌のある子供達が多い。四歳位から十歳位だろう。こんな小さい子供が美味しそうに煙草を吸ふのには驚く。残飯をやったら喜んでゐる。此等の土人の襲来も兵達の楽しみの一つだ。昨日の陸上の白人から鶏が六羽届いた。又、おいしいチキンライスが食べられるわい。今日の夕食の御馳走に卵焼きがあった。幾ヶ月振りだろうか。

（1）敵四發大型機三、艦攻二、西方ヨリ帰投セリ。二十二日一三一二。（發ガダルカナル通信基地）

（2）敵ハ（グラマン多数、P39若干）三〇—四〇増強セル模様ナリ。斯ク敵飛行機増強ノ為、味方各部隊ノ行動妨ゲラレル。次ナル状況ニ鑑ミ、敵ハ夕方又ハ夜間、空輪又ハ航海ヲ以テ飛行機ヲ運ブ様子ナレバ、拂曉、敵飛行場ヲ銃撃スルハ効果アリト思ハル。（發ガダルカナル通信基地）

ラヂオのニュースは今秋の靖国神社臨時大祭の新祭神、一万有余の御霊及陸軍の空の至宝、故加藤少将の於築地本願寺陸軍葬の模様を傳へる。

＊艦攻……艦上攻撃機。
＊拂曉……あけがた。あかつき。

九月二十三日（水）ブカ

〇四〇〇頃、目が覚めてしまふた。今日は朝から何日振りかで快晴である。晴れるのも結構だが暑い。〇七〇〇、出港。十浬程北上、假泊す。陸上に椰子の植林せる丘に部落が十個ばかり見える。早速艇長等と共に上陸。白人か支那人か、それに土人等が住んでゐるのであろう。人の姿は何処にも居ない。家屋内はすっかり荒らされて何もない。素晴らしい冷蔵庫がある。皆で各家屋をのぞいては何かないかと探し歩く。椅子、人形、本、食器等使へそうなものは皆持って来た。私も魔法瓶を二つ頂戴してくる。うす気味悪い家屋をかけまはるので大汗三斗。蜜柑がびっしり成ってゐる。三十程収穫あり。

明日は十五夜か。月が眞丸い。

（1）第三關丸ハ二五日一五〇〇、RR發RXCニ向ヒ、第二文丸ノ任務ヲ引継ギ、第二文丸ハ引継ギ次第RRニ帰投スベシ。

愈々明後日は又久し振りでRabaulに帰れるわけだ。

一九〇〇、久し振りで軍艦マーチがラヂオのスピーカーから流れる。

アリュウシャン列島方面ニ活躍中ノ帝国海軍部隊ハ去ル八月卅一日、島湾口ニテ潜水艦攻撃ヲ以テ敵巡洋艦一ヲ大破、更ニ九月中旬、駆逐艦及特務艦ヲ以テ敵潜水艦二ヲ撃沈セリ、と本日午后三時、大本営海軍部發表を告げる。

今日、陸上より取り来たりたるザボンはとても甘くて美味しかった。

＊大本営……明治以降、戦時または事変の際に、天皇の直属して陸海軍を統帥した最高機関。明治二十六年に定められ、太平洋戦争終末まで存続した。

九月廿四日（木）　秋季皇靈祭　於ブカ

○七四五、秋季皇靈祭の擧式。遙かに三千浬の皇居の彼方、皇室の安泰、八百萬神々の靈に敬虔の念を捧ぐ。

○八〇〇、再び上陸。途中猛烈なるスコール卅分程に浴びる。艇長は冷蔵庫を持参させてしまふた。兵にも半舷上陸を許可する。

一三〇〇、出港。ブカ泊地湾内に到る。特務艦東亜丸及掃海艇一錨泊中なり。夕食時には今日の秋季皇靈祭及中秋名月を祝して、戦給品、銘酒「忠勇」が出て乾杯。ス丶キの葉のないのは秋の十五夜感をうすめて物足りなさを感じさせる。けれどパイナップル、パパイヤ、バナナ、シャシャップ、イモ等がテイブルの上にかざられる。南洋にて送る中秋名月。雲多けれど、眞丸い月は静かに照り映える。故郷の父母も祖父母も、又優しき弟妹達もこの月を眺め、この日を送ってゐることだろう。

（1）ＲＸＥヲ二十四日一二三〇、偵察セル敵機ハＲＺＱニ次ノ如キ報告ヲナセリ。
　敵巡五、駆九、水母二、運送船四

（2）〇四三〇、敵五―六〇〇〇噸級運送船一入泊セリ（ルンガロード）。駆一沖合哨戒中。發ガダルカナル通信基地。

＊皇霊祭……旧制の国祭。毎年、春分・秋分の日に天皇みずから皇霊を祭る大祭。
＊半舷上陸……艦船が停泊した際に乗組員の半数を当直として残し、半数ずつ交代で上陸させること。

九月二十五日（金）　ブカ出港

特務船東亜丸（七―八〇〇〇噸位ならん）入泊せる故、敵敗残兵が諜報したのであろう。

〇七〇〇、軍艦旗揚げ方で喇叭を吹き終る頃、南方に悠々敵ボーイングが高度三―四千位で現はる。直に戰斗準備の喇叭が響く。敵機西方に向ふや反転、我が方に向ふて来る。ぐん〳〵近づくと思ふと頭上の雲間に這入る。畜生と思ふた途端、東亜丸の向ふ側に大きな水柱が立ちこめる。やったな！　然し当らず。お坐なりの爆雷を落したものだから、もう用はなしと爆音高らかに南方に遁走せり。我をなめてか高度低いため、四發のB―17の機影がはっきりと見える。あんな低空で来たのは初めてだ。掃海艇高角砲で應戦せるも射撃照準悪く効果なし。

一二〇〇近く第三關丸入港。早速關丸に行き久し振りで池田少尉に逢ひ、医務関係の打合其他懇談せり。一五〇〇、出港。ＲＫに向ふ。暗雲低く波高し。ブナ警備隊看護兵一及び設営隊員患者一（何れもマラリヤ）。便乗せしむ。

設営隊員はまるで乞食の様だ。今まで毎日少しの粥食と味噌丈けしか与へられなかったと。「栄養不良になってゐるのですよ」と誰かが云ふてゐた。一昨年十二月徴用された由だが、今日も乾パン一〇片を与へられて之を二食分にせよと云はれて来たと。私は此処にも気の毒なのが居ると心から同情を禁じ得なかった。食事を与ふると彼等はとても喜んでくれた。

自分の現在の好遇を悟った様な気がする。今晩はどうも荒気るらしい。行く手に大きなスコールが立ち塞がってゐる。

九月二十六日（土）　航海中　ラボール入港

昨夜からスコールが振り続いてゐた。便乗者は気の毒にも毛布類からびしょ濡れである。波は丈余に達す。船の動搖甚だし。

昨日、三關艇長より頂戴の古新聞（八月七日頃）を貪る様に読破す。

一四〇〇近くRR入港。特設艦船が相変らず沢山入港碇泊なり。病院船高砂丸も入港中。飛行場近く海岸よりの椰子林が大分焼けてゐる。敵空爆の為めガソリン罐に火が移ったのであろう。八、九月分の俸給四三二円〇八銭を有難くも頂戴す。

（1）一〇一二、RXE偵察ノ敵機ハRZQニ左ノ報告ヲナス。

敵巡一〇、駆八、運送船六、小型艦艇五、錨泊中。

（2）敵輸送船一ハ尚モルンガ泊地ニテ揚荷中ナリ。二五／IX一七〇〇、發ガダルカナル通信基地。

＊丈余……一丈余り。三メートル余り。丈は尺の十倍。

九月二十七日（日）　ラボール

〇四〇〇頃、空襲に目が覚める。雲低小雨模様の空。敵の機影を認めずも、南方ラバウル湾口附近に投弾せるものの如く爆発音が聞える。弟妹達に便りを出す。又金百円及び家の方へ五拾円、佐原へ参拾円の送金を為す。日大医学部斯波先生にもお便りを出しておいた。午前、総員体重秤量を行ふ。午后、上陸。八十警備隊に中少尉を訪ね、ラボール市街を散歩す。いつも感心するのだが、ラボール市街の道路の整然たるに、又並木の美しいのには。

（1）〇九四〇／二六、敵B—一七八機RXEニ来襲。我水偵（ワガスイテイ）四、観測機八ヲ以（モッ）テ之（コレ）ニ應戰（オウセン）。一機確実ニ撃墜。他ニ損傷ヲ与へ撃退。我ニ被害ナシ。

（2）睦月（ムツキ）、伊潜（イセン）一二三、ロ三三、行方不明者名簿至急作成報告アリタシ。（發（ハッ）海軍省人事局）

（3）諸般ノ状況ヲ判断スルニ、敵ハ我（ワレ）ニ何（イズ）レカ作戰ヲ計畫（ケイカク）中ノモノノ如（ゴト）シ。至厳（シゲン）ナル警戒防備ニ萬全（バンゼン）ヲ期（キ）セ。發（ハッ）Bg長官。

（4）ガダルカナルニテ敵兵八ヲ捕虜トセリ。捕虜ノ言ニヨルト

（イ）サントエスピート島東南端ニ巾二〇〇m、長二〇〇〇mノ飛行場アリ。我此（ワレコ）ノ地ヨリ飛べリト。

（ロ）同飛行場ハ現在工事中ナリ。現在B—17一〇、グラマン八、BYQ型四アリ。且（カツ）飛行兵ハ主三六、副三六居（オ）レリト。

（ハ）工事完成後ハB—17百機位置（クライオ）ケルモノナリト。而（シカ）シテ現在同基地ニハ陸兵八〇〇〇、海兵七〇〇〇、計一五〇〇〇居（オ）レリト。私ハ去月布哇出發（キョゲツハワイシュッパツ）、来（キタ）リタル。

宛（アテ）五特根渡辺軍医長「七、八月分戰事医事月報ノ件」

＊水偵（すいてい）……水上偵察機のこと。艦船より発進し、艦砲射撃の着弾の観測の任務で開発された。高度の要求を満たした空戦性能は優秀であった。観測任務のほか、対潜哨戒や急降下爆撃まで万能ぶりを示した。ラバウルでの防空は目覚ましいものがあった。

＊伊潜（いせん）……潜水艦の艦名は「伊（い）〇〇号」「呂（ろ）〇〇号」「波（は）〇〇号」と付けられており、「伊」は一等潜水艦、「呂」「波」は二等潜水艦である。

第１艦隊旗艦の重巡・鳥海

九月二十八日（月）ラボール

昨夜の月は電燈でも燈けた様に恍々として明るかったが、敵機は来なかった。

○七〇〇、出港して清水、雑用水補給（和洋丸）、生糧品搭載す。○九〇〇頃、鳥海の豪砲一發轟き渡る。敵機の空襲なり。成程、北西より高度七千位の敵Ｂ—17一、悠々我等が眞上を飛ぶ。

味方の防空砲火が大空に彈幕をつくる。されど彈丸は届かず。偵察にのみ来たらしい。直ちに味方戦斗機群、矢の如く舞い上る。されば敵機は見えぬ程高度を挙げる。

八根司令部よりＲＲ防備部隊に即時待機の命下る。何事ならんと思へば次の電報で分った。

（1）二八日〇七三〇、ワトモ島（カビエン方面）島頂三一五度Ｃ、二四浬ニ於テ能登呂（第三十号駆潜艇護衛）、敵潜水艦ヨリ雷撃ヲ受ケタルモ被害ナシ。

（2）十五駆逐隊（陽炎欠）野分、巻雲、舞風、秋雲ハ速カニＲＸＥニ進出セヨ。

何か月振りかで大根を食べる。矢張り新鮮な野菜類が這入ると食慾が出る。

＊弾幕……多数の弾丸を一斉に発射し、弾丸の幕を張ったようにすること。

九月二十九日（火）　ラボール

敵の空襲がないとは珍らしい。然し今朝、ラボール港外に敵潜水艦現はれ、直ちにＲＲ防備部隊は對潜掃蕩に出掛けた。在港各艦船には八根司令官より「敵潜水艦湾内侵入ノ虞アリ。各艦船警戒ヲ嚴ニセヨ」の命下る。仲々敵もやりよるは。

一日中雲低く、午后より雷の交響楽と共に猛雨来る。

一二〇〇、病院船高砂丸出港す。

九月三十日（水）　ラボール

今日早朝、又もや敵潜水艦一ＲＲ湾南岬沖に現はる。昨日の奴か？　大膽不敵な奴だ。ＲＲ防備部隊の各艇は總出動で之が對潜掃蕩に向ふ。〇六三〇、出港。能登呂に重油補給に行く。

午后散髪に一寸上陸せり。九月も今日で終りである。平々凡々なる一日が暮れて了ふた。文藝春秋八月号の随筆の中に下村海南氏（貴族院議員、法博）が南方方面の癩に就て一寸書いてあるのを読んだが、我々医者として啓蒙する処あり。

＊癩……らい病。ハンセン病。

十月一日（木）　ラボール

暑さ烈し。午后上陸。八十一警備隊上川中尉、中少尉、二空清水中尉等と共に、支那人街、南貿売店前のフルーツパーラーで清水中尉に御馳走になった。軍票でないと物が買えないのである。

砂糖が這入らぬがお旨しいコーヒーであった。四人で日本人墓地へ到る。ニューギニヤ方面で日本人の意気を見せた小峯翁の墓は立派に出来てゐる。

○四三〇、潜水艦伊一号出港す。艦上に大發を載せてゐる。あのまゝで潜航するらしい。本艇の前を静かにすべって行く。潜水艦乗員は全部甲板に上って帽子を振る。何処の作戰に向ふか知らず。何か胸迫るものあり。私も帽を振って彼等の武運長久を祈る。

八十一警備隊看護長より立派な鳥籠を貰ふ。

＊軍票……「軍用手票」の略。主として戦地・占領地で、軍が通貨に代えて発行する手形。軍用手形。

十月二日（金）ラボール

○三四五頃、「空襲です」と兵が寝室に起しに来た。又来やがったかとねぼけ眼をこすってゐると、異様な地響音。身の動揺を感じた。之は如何、船の近くに落されたなと甲板に出る。湾内は未だ夜のとばりから抜けきれず。東の山の蔭はかすかに白み始めた。

上空は何処か分からぬが蚊の鳴く如く敵機。高度低い様だ。飛行場方面では高射砲を打つ音と光が見へる。湾内の船も一、二機銃を打つ。皆目分からぬ、夜明け前、不気味な静けさ。飛行機の位置が分らなくてはどこに落されるか分らぬ、と思ふた瞬間、當方五百米の船附近に落された。ヅシーン〳〵と五發位火柱が立つ。直撃彈はなかった様だ。されどその後、ほの暗い中に白煙が幽霊の様にぼーと見える。被害がなければよいがなあと思ふてゐると、今度は（五分位間があったろうか）東北の方から又も敵機。かすかにすかし眼に敵機が見える。目標が分った在泊各船は一斉に銃火を浴びせる。豆をいる様な音、彈丸が一つの小さい火の玉となって飛び上る様は花火より綺麗だ。

あそこだ〳〵と指示してゐたと思ふや、目前二百米の陸地辺りポンポン船の集合地点に落ちる。ドドーン、破片が私の足下に飛んでくる。船がぐらつく。体は何か當った様な感じが志た。思はず私は身を引いた。その時の心境。私は一寸これには書き表はせぬ。ふと私は「これあ遺書を書いて置かなくてはまずいぞ」と思ふた。その中に次第に夜の帳は明けて明るくなる。ポンポン船附近に被害者があったらしく大声で叫ぶ声が聞える。内火艇が右往左往してゐる。

今朝程驚かされた事はない。然しこの位で膽を抜いては戰は出来ぬと、自分の気持を落着けてゐた。よく目が覚めたわい。

樋口一水が今朝の彈片を持って来た。長さ四寸位。あんなのに當ったら一回の終りだ。人の話によると天龍、宗谷に戰死十五名あったそうだ。敵がもう一秒遅れて投彈したら私もその戰死者の一人であったかも知れぬ。

○九〇〇頃、生意気な敵とばかりに味方の中攻、零戰が三機編隊も鮮かに敵地に攻撃に向ふ。今朝の仇を取ってくれる様。

昨日貰ふた鳥籠を綺麗に志てエナメルを塗ふたら、立派に鳥籠らしくなった。平凡な一日も運命の一日か？　兎に角忘れられぬ一日。夫は十月二日なり。

たった一秒が生命の境

十月三日（土）ラボール

一日良い天気だった。それ故午前午后と二回敵空襲がある。何れも唯一機で、偵察らしい。あまり高度が高いので姿が見えず。昨日の怨み一挙に晴さんと我が防空砲火は猛然を極めた。爆弾を持って来たが落せなかったのかも知れぬ。我航空部隊も約四十機、敵地に獲物を求めて出發した。

しばらく空襲がなかったので敵も矢つぎ早に毎日来る。

暑くて晝寝も出来ず。南洋呆けで二十四時間を浪費した。

君の為め　すててかひある　ものにあらば
何惜しむべき　賤が命も

十月四日（日）　ラボール
又もや空襲警報。丁度〇七〇〇、軍艦旗揚げ方が始まらんと總員短艇甲板に整列中、敵ボーイング一西北より飛来。高度八―九〇〇〇。湾口上空に向ふて来る。之を見付けた我が在港艦艇は好餌御参なれとばかりに防火砲火が矢つぎ早に上空に炸裂する。

弾幕は蜂の巣の如く上空に描かる。近くの掃海艇から打出す高角砲の音はヅシーンと本艇まで響き渡って私の身体がゆれる。我が戦斗機がぐん〳〵舞上る。少しは當ったのか、敵機は白煙を糸を引く。我が砲火の熾烈に参ってか、どんどん〳〵高度を揚げて雲間に逃げ去った。

今日は日曜で休業。

明日一六三〇、カビエンに向け出發の予定。序に運送船新夕張丸、鮮海丸を護衛するので両船長が打合せの為め来艇せり。

闔國の人は闔國の為に死し、闔藩の人は闔藩の為に死し
臣は君の為に死し、子は父の為に死するの志確乎たらば
何んぞ諸蠻を畏んや

吉田松陰

＊闔國・闔藩……国じゅう。
＊確呼……確かなさま。
＊蠻（蛮）……いやしいさま。（この場合は敵を指す）

十月五日（月）　ラボール　出港

敵飛行機の日参に今朝も〇三二〇頃、空襲警報に眼が覚める。甲板に出るも敵影を認めず。又一休みと床に這入って寝着いたなと思ふ頃、ドーン〳〵と砲音が寝室に響く。愈々来たなと外に出て見れば、何と敵B―176機が2機の戦斗機に守られ乍ら編隊をくんで湾上空に来る。我が防空防火は熾烈なり。為に敵は投弾もせず南に逃げる。と、十分位して今度は一機南方から西の方に向ふ。高度高くして味方の彈丸は届かず。毎日〳〵敵機の襲来の為め、在港各艦船は大抵避退志て船が少くなった様だ。それでも大小三十杯は居るだろう。

一六三〇、新夕張丸、鮮海丸を護衛。夕陽に映ゆるラボールを後に一路北上、カビエンに向ふ。波静かに星冴ゆ。山門春子氏より航空便葉書にて初の便りあり。

十月六日（火）　航海中

ニューアイルランド東北端、カビエン飛行場附近にて夜が明ける。と、朝食の頃、飛行場上空で

高射砲の音と共に彈幕が見える。空襲らしい。されど敵機影見えず。そのまゝカビエン水道を抜けて一路北上。二〇〇〇迄護衛を続け、我は引返す。

鮮海丸船長より「艇長始メ各員ノ御配慮ヲ深謝シ、併セテ武運長久ヲ祈ル」なる電報入る。うねり高くも比較的静かな航海だった。

十月七日（水）　カビエン

○七〇〇、カビエン入港。静かな美しい港。泊地の方には第二図南丸が巨体を浮べてゐる。鳥海、天龍、日進の精鋭も在湾中なり。陸上の建物も仲々綺麗に出来てゐる。土人達のカヌーも仲々、ラボールやブカ附近のとは異って上品に出来てゐる。帆を張ってヨット張りにスー〳〵と操ってゐる土人も居る。何となく新味美を与へる港だ。

陸地近くにマッコー鯨がスクリューに引かゝって死んだのがあると云ふので、兵と共にカッターで見に行く。生れて初めて鯨なるものを見たが大きいのには驚いた。あれで子供の方だと云ふが、長サ二間半位ある。内臓の大きいこと。肋骨は人間の足位だ。

附近に鱶が一匹遊んでゐる。南洋の海はこれだからうか〳〵泳ぎも出来ぬ。

本日左の電報入る。油断大敵、警戒すべし

發八根司令官、宛ラボール陸上海上總部隊。数日来ノ敵空襲ノ頻々ト活發ナルヲ見テ、敵ハ雷撃機或ハ潜水艦ヲ以テ「ラボール」港奇襲ノ算大ナリ。各位警戒ヲ嚴ニセヨ。

＊図南……第二図南丸の「図南」の意味説明。
荘子『逍遙遊』より。想像上の巨鳥、鵬が遥か南方に向かって飛び立とうとする意から、

南に発展しようとすること。大事業を計画すること。

＊二間半……約四・五メートル。

十月八日（木）カビエン

静かに夜は明け静かに一日は過ぎた。

一日中つまらぬ小説などを読んでは戦陣に於ける貴重な時を浪費する。申し訳ない様な気がするが致し方なし。

一三〇〇、チフス属予防注射を總員に施行す。

一五〇〇頃、土人達が物売りに来たので甲板にあげて踊りをやらせた。仲々上手である。歌を歌ふては踊る。その眞剣な顔。單調な踊りではあるが何か彼等土人達の生活を知るものがある。仲々ひょうきんな奴で皆を笑はせる。拍手喝采、艇長始め總員なごやかな一風景を描いた。

七日一二〇〇、ラボール―カビエン間で陸軍輸送船波上丸、敵潜水艦の攻撃により沈没せり。掃二〇号、駆潜三十、三十一、對潜掃蕩に行くも、敵はさっさと逃げたらしい。誠に敵潜水艦の動きは活發だ。我が潜水艦は何をしてゐるか。

十月九日（金）カビエン

昨日の予防注射が効いて全身倦怠感甚だしい。兵達もぼんやりした顔付きだ。沛然たるスコールが二、三日来る。

零戰の猛訓練が頭上で行はれてゐる。三機が全く三ツ巴になってからみ合ふ猛演習。航空兵の強さには驚歎の外はない。戦地に於てもこの訓練。矢張り日本人は強いのだ。偉いのだ。

○六三○、突然北方の空に照明彈が見える。爆音聞えず。一○分后今度は西方に又二つの照明彈。爆音も耳に這入らぬ。無気味だ。結局味方水偵機と云ふ事が見張員から報告されて一安堵せり。戰給品の酒が夕食時出された。内地では一寸手に這入らぬ酒を戰地で飲むのでは沁々酒の旨味と快味が分る。

日本の優秀船ブラジル丸も撃沈された話だと艇長が言ふ。

賤が身の　聖きいくさに　召されては
入ぬる学び舎　師をぞ偲ばる

十月十日（土）　カビエン

○六○○、出港。カビエン水道より南に出て哨戒作業に従事す。航海してゐても風は吹かず、暑さは身に沁む。暑い為めであろう、遠方に龍巻が一條見える。

一七○○、反転して水道附近に假泊。附近に碇泊中の八艦隊旗艦鳥海は探照燈を照らして盛に對空演習。それに呼應して鳥海搭乗機が暗黒の空を飛び廻っては照明彈を投下してゐる。暑い夜、珍らしくも螢が二、三匹飛んでゐる。「いか」の群がピカ〱と光を發し乍ら潮に流れ行く。綺麗な海だ。

巡検が終って後甲板で涼むでゐると、次の如き電報が来た。思はず「逆にやったな」と私は心の中で独り思ふた。

（1）八日一八○○、敵四發水艇三、約一時間半ニ渉リ、九日○一○○ヨリ○三一五マデ敵大型B

—17約十機、RR市内ニ對シ執拗ナル空襲ヲ行ヘリ。我レ照明燈照射、防空砲火ヲ浴セ之ヲ撃退セリ。

海軍側被害

（イ）八通一時送信不能（九日午后復旧）。

（ロ）重油、軽油、潤滑油約二〇〇〇鑵焼失（九日午后鎮火）。第三桟橋軍需部。

（ハ）戰死傷者約一二〇（内戰死六十名）。

陸軍側

（イ）宿舎数ヶ所焼失、数十ヶ所倒壊。

（ロ）死傷者約一〇〇名（内戦死四〇名）。

發八根F令官

（2）八日二一三〇、敵大型機数機、RXC（ブカ）ニ来襲、飛行場附近ニ約六〇個投彈セルモ我ニ被害ナシ。

（3）九日〇四五〇ヨリ〇七一五頃迄、敵大型機、戰斗機等計二十一機RZM（ラエ）ニ来襲、我之ニ猛射ヲ浴ビセ一機撃退。我ガ被害小。

（4）今夜特務艦、特務船、各鎮守府、警備府所轄ノ各湾口通過ノ際ハ各警備隊、防備隊ニ予メ通知スルコトトス。（發聯合艦隊司令長官　宛各特務艦船）

ソロモン海戰以来、R方面に對する敵の蠢動の様子を見て何事かあらんと思ふてゐたら終に来た。我が軍も盛に敵地爆撃に行くのであろうが、敵も仲々侮り難し。ソロモン海戦来の我が方の被害も相当なものだ。之等名誉の英靈の為、緊褌一番、敵機滅すべきである。

＊鎮守府……国を外敵から護り安定させるの意。海軍の大きな陸上基地の事で、横須賀、呉、佐世保、

舞鶴の四ヶ所あった。現在の自衛隊では地方総監部がこれに当たる。
＊緊褌一番……褌をかたく締め、心を引き締めて事にあたる事。
＊蠢動……虫などがうごめくこと。つまらない者、力のない者が騒ぎ動くこと。

十月十一日（日）　カビエン

杉浦軍医のスケッチ、第二図南丸の最後

○八○○、出港。転錨地に向ふや次の電報が来り。「アッ」とばかりに驚いてしまふた。

（1）十日一一二五頃、敵潜水艦ノ為、第二図南丸雷撃ヲ受ケ沈没、天龍丸損傷ス。初鷹、長浦補給船ハ之ガ救助ニRO（カビエン）ニ向フ。（發八根司令官）

（2）二十一航戰、第二文丸ハROヘ對潜掃蕩ニ従事セヨ。（十一日○六○○發八根司令官）

嗚呼、何と云ふ悲報なるか。昨朝まで本艇はこの第二図南丸のすぐ脇に居たではないか。日本が誇る優秀船がその巨体を浮べて軍需品を下ろしてゐた勇姿がやられたとは。天龍丸も昨日まで桟橋に横付けて何の様子もなかったのに。

昨日の運命も今日は分らぬのは浮世の習ひではある。まして戰争中だ、と思ふてもそれが信じられない気がしてならない。早速現場に馳せつけて見る。あの巨体は見るも無残に約七分通り海水下に沈んでゐる。海底につかへてゐるのだろう。船首をぐっと上げてあの大きな二本の煙突がさび志そうに上1／3を出してゐる。天龍丸も艦橋の下に大きな穴をあけられて相当水が入ったのだろう、重そうに横たへてゐるが沈没はまぬかれたのだ。天龍丸船長の話によると、昨日一一二五頃、敵潜水艦、北方より最大距離位から四本魚雷發射、天龍丸は図南丸に横着け荷役中、天龍丸に一發命中。図南丸に一發命中。敵潜水艦の姿も見えたそうだ。奴等は二度と得難き獲物を射とめて浮上しては沈没の様子を見たのだろう。今頃奴等はこの凱歌に飲めや唄へやで喜んでゐるに違ひない。

思へば癪にさはる。仇を討ってやるぞと本艇は早速對潜掃蕩に出かけた。運が良いのか悪いのか、何故本艇は南口に出て哨戒作業をやったのか。北口に出てゐたら図南丸をあんなにすることもなかったのに。一一三〇、上空にあった我飛行機、敵潜水艦らしきものを見つけたとて爆弾を投ず。二千米北方で、すは、一大事とばかり本艇は總員配置で現場に出かけ爆雷攻撃二回投ず。本艇戰争開始来初めてだそうだ。緊張が数十分間本艇を包んだが潜水艦らしきものは居ない様子だった。然し何か忘れられぬ一日である。

夕刻、鰹が二匹つれる。緊張の裡に又愉快さがある。日没迫る夕映えの頃、暗雲低く猛烈なスコールと雷鳴が襲来。南方より今日敵攻撃に出た我中攻が十四機悠々帰還してスコールの中を飛行場に降りて行く。哨戒作業は休まず続けらる。

＊對潜掃蕩……対潜水艦掃討のこと。潜水艦を残らず払い除くこと。

十月十二日（月）　カビエン

昨日の緊張した空気に比べて今日は何と静かなのだろう。風は全く無風と云ふても可。蒸し暑い。

波は全然立たず、大きなうねりが船を動かす。今日、南洋特有の海模様だ。鰹の群がちょい〳〵見られる。今日も亦鰹一匹、鯔二匹の獲物があって食膳に供せられる。然し南洋の魚は脂肪が少くて不味い。今日の電報を見ると、昨日のRXI方面への我が航空隊攻撃は大した戰果がなかった様だ。何故なら敵は我が攻撃を察知した如く、敵飛行場の飛行機群は我が攻撃隊が向ふ頃、大擧して南西方面何れかへ逃げてしまった。

ポートモレスビー上空の一式陸攻

　屹度、途中ブーゲンビル辺の残存敵兵が諜報したのだろう。

　又、RXI方面に特設水上機母艦を有する巡、駆の水上艦隊を發見、我が六戰隊は之に攻撃。戰果は未發表だが、我が「古鷹」は航行不能に陥ったと。蓋し、こゝ二、三日の敵の總逆襲は仲々敵ながら天晴れ、相当の戰果を擧げてゐる。我が方も何とかせねばなるまい。

　一七〇〇、一時疲れを休める為め假泊。明朝〇四三〇、出港の予定なりと。月がまた出始めた。大きな月が東の雲間から顔をのぞかせる。「いか」の群が蛍火の様にピカ〳〵光りながら泳いでゐる。綺麗だ。

十月十参日（火）　カビエン

　〇三四五、總員起しの喇叭が響く。〇四三〇、出港。對潜掃蕩に従事す。雲低く風浪あり。

○七〇〇頃、カビエン飛行場を勇躍立った海軍最新鋭機一式陸攻十五機、海面すれ〱に飛び乍ら編隊を組む。飛行機が飛行機丈に胸がすっとする。一路西南に向ふ。今日こそ戰果を擧げてくる様に。救難船長浦は第二図南丸に横着け、盛に修理に努めてゐる様だが、「第二図南丸ハ漸次海水侵入シ傾斜大トナリ、搭載重油投棄ノ止ムナキニ到ル」の電報に急遽RRより「鳴戸」が五十六駆潜隊三番艦、第三利丸に護られて第二図南丸の重油転載に来た。一四〇〇頃だった。この鳴戸が途中潜水艦に逢ふた由。敵潜水艦への当方面活躍は実に目覚ましく、今日も北緯三、四度附近に出没する状報が這入る。

一三三〇、哨戒作業打合せの為め投錨。若鷹艦長と打合す。鳴戸が図南丸に横着け作業中、本艇は之が警戒に当る事となる。

一五〇〇、転錨。図南丸近くに投錨す。一六〇〇、今朝の中攻が全機無事帰って来た。

＊一式陸攻……一式陸上攻撃機の略。「九六陸攻」が日中戦争で大成功を収めたことにより、陸上攻撃機の有用性を認めて、その活躍中から後継機として開発。双発機では生産数が最も多い。操縦性が優れ、空中安定性も高かった。そのスタイルから「葉巻」と言われて親しまれたが、弾丸一発で発火する弱さも持ち「ライター」の仇名も付けられた。昭和十八年四月十八日、山本五十六聯合艦隊司令長官（大将・元帥）がブーゲンビル島上空で米機の攻撃により散ったが、その時の搭乗機が、この一式陸上攻撃機であった。乗員七名。全長一九・七メートル、全幅二四・八九メートル。最大時速四二八キロ。八〇〇キロ爆弾一。

十月十四日（水）　カビエン
特務艦「鶴見(つるみ)」が入港。図南(となん)丸の重油を受けに来る。然(しか)し図南丸は一向(いっこう)に浮上(うきあが)りそうもない。一五三〇、出港。對潜掃蕩(たいせんそうとう)に出掛けた。今朝も中攻(ちゅうこう)が十四機出掛けた。又もジャウール島南方に敵潜艦現は(わ)るとの報に三十一駆潜(くせん)が急遽制圧(きゅうきょせいあつ)に行く。重油が浮ぶ臭(くさ)い海面を艇は走り廻る。

十月十五日（木）　カビエン
風も無く頭が変になる程暑い。敵潜の出没甚(はなは)だしく、北緯三度から南緯五度辺(あたり)にかけ東経一四一度Ｃ―一五一度Ｃ間に相当出没してゐる状報が入る。
一、ジャウール島、ニューハノバー島南西海面ニ敵潜活躍中ナリ、極力之(コレ)ヲ殲滅(センメツ)セヨ。（發(ハツ)八根司令官　宛(アテ)ＲＯ防備部隊）
二、第二図南丸ノ被害ハ予想外甚(ハナハ)ダシク、「鳴戸」「鶴見」ヲシテノ重油移載(イサイ)スルモ遅々(チチ)トシテ進マズ、却(カエ)ッテ顚覆(テンプク)ノ虞(オソレ)アリ。有力ナル救難部隊ノ派遣ヲ得度(エタ)シ。（發初鷹(はったか)艦長、宛八根司令官）
一三〇〇、入港。初鷹と交代す。
右外聴道炎を起し頭痛倦怠甚(はなは)だしく、それに蒸(む)し暑さに憂鬱(ゆううつ)の日なり。

十月十六日（金）　カビエン
右外聴道炎の疼痛(とうつう)昨日と変らず劇(はげ)しく悶々(もんもん)の一日なり。食思(しょくし)不振。
今日は一一三〇、出港予定の処(ところ)、〇七〇〇、突如(とつじょ)初鷹艦長より出港命令を受け哨戒作業に任ず。
本日は秋の靖國神社(やすくにじんじゃ)臨時大祭とて哨戒作業を続け乍(なが)ら、尊(とうと)き先輩の英靈(えいれい)永(とこしえ)に安かれと遙(はる)かに祈りつ、遥拝式を行ふ。

＊遥拝……遠く隔たった所から拝む事

十月十七日（土）　カビエン

一二〇〇迄哨戒に従事、駆潜艇と交代す。一三〇〇、鳴戸に横着け重油、飲料水の補給を行ふ。耳病相変らずを以て図南丸横着救難作業中の「鶴見」軍医長に高診を願はんと訪ねれば、その軍医長は何と三九度の熱を出して病臥中。却って見舞して帰る。

新嘗祭遥拝式を行ふ。（〇八〇〇）

鳴戸に行き、應召の軍医長に見て頂く。矢張り「急性外聴道炎」なりと。月冴え渉る、月明の夜。思はずふるさとを思ふ。

兵思ふ　この身病めるを　如何にせん
何ぞ苦しみ　痛みも堪えん

十月十八日（日）　ニューハノバー沖　住吉丸乗員救助

昨日はゆっくり寝めるかと思ふて居たら一七日一九〇〇、突如「カビエン二四〇度Ｃ五〇浬ニ貨物船ノ遭難セルアリ。第二文丸ハ直ニ之ガ救助及附近ノ對潜掃蕩ニ任ズベシ。異常ナケレバタ刻帰投スベシ。發初鷹艦長」の命令下り直ちに出港、現場に向ふ。

十八日〇二〇〇頃、現場附近（ニューハノバー島東南）に到るも遭難船らしきを認めず。カビエンより飛行機も捜索に上空に来てゐる。如何にせるものやと捜索せる中に〇九〇〇、飛行機より通信を投下、直ちに之を見れば「遭難セシ貨物船ハカビエン一二一度C四四浬ニ沈没シツツアリ。乗員ハ短艇ニ便乗漂流中ナリ。至急救助セラレタシ」

勇躍現場ニ急行す。大きな椰子の葉が流れて来た。遠くから見たら筏に見えて我々の眼を誤魔かす。現場に行けば陸軍用船住吉丸（約二〇〇〇噸）は約四〇度も右に傾斜、あれでよく沈まぬと思はれる位、大發が沢山積んである。附近に大發に陸軍兵二十名、船員二十名程漂流中。彼等は我等を見てほっとした様だ。而も十四日一九〇〇頃、敵潜水艦より二本の雷撃を受け、一本前部に命中せるも一人も死者なく、幹部は早速小發でラボールに連絡に行き、残員が今日まで頑張ってゐたのだそうだ。

宇品を出て、佐伯を十月二日で出てラボールに直行志て来た由。同様の船三隻で全く護衛なしで来たと云ふ。無茶も甚だしい。而も誰一人この附近は未だ敵が居て、日本軍が占領してゐる事を知らぬと云ふ。一等運転士は涙を出して声も出さぬばかり。船が沈まぬから皆助かった様なものだ。機関長、一等運転士は船が沈まぬ内は船に執着がある故、何とかしたいと云われてゐたが致し方なし。

一四一五頃、大發を曳航、一先ずカビエンへと引揚げる。夕映に照らされて船は傾いたまゝ独り残された。船員の心持や如何。

二一〇〇、カビエン入港、假泊す。

十月十九日（月）　カビエン

○八〇〇、転錨して遭難者をカビエン設営隊に引渡す。
一一〇〇、図南丸近くに転錨。一二〇〇、艇長と共に「初鷹」に行く。初鷹軍医長渡辺典大尉（海輸、高峯大尉等と同期）にお逢ひ、耳の治療を受く。同大尉は開戰初頭来マレー、ピナン方面で活躍。羨しい。マレー方面の話を聞かされた。仲々良い方である。羊羹を御馳走になり種々懇談辞去す。うねり大きく艇は静かに動く。

＊辞去……挨拶して人の所から去る事。

十月廿日（火）　カビエン
一一三〇、出港。駆潜艇と交代して哨戒任務に就く。

十月廿一日（水）　カビエン
正午、初鷹丸と交代してゆっくり休養と思ふて居た処、「初鷹要務ノ為メ出港不可能。第二文丸ハ特令アルマデ現任務ヲ遂行セヨ」の信号来り。航海は続けらる。一日航海するととても疲れる。一同がっかり。でも致し方なし。否、致し方なしではない。邦家の為だ！
今日は風強く涼しけれど、うねり高く動揺甚し。儘にならぬは浮世ばかりではない。敵潜水艦出没の報頻り来る。相当数、北緯三度辺より南緯五度辺に活躍してゐる模様。而もこのカビエンとラボール間に最も多し。
（イ）二十一号掃海艇及三十八駆潜艇護衛ノ陸軍運送船五ハ東経一五〇・三〇、南緯三度十五分附近ニ於テ二十一日〇九〇〇、敵潜水艦ノ雷撃ヲ受ク。朝光丸ニ二發命中、沈没セザルモ航行不能。

二十一号掃海艇ハ直チニ爆雷攻撃。附近ニ気泡、重油ヲ認メタル以テ撃沈確実ト認ム。

＊邦家……国家。自分の国。

十月廿二日（木）　カビエン

（1）RO防備部隊指揮官ハ麾下ノ艦艇ヲシテ朝光丸ヲROニ曳航スベシ。（發八根司令官）

（2）敵潜水艦ハ被害ヲ誤ラシメル為メ故意ニ気泡、重油ヲ出ス事アル模様ナリ。故ニ爆雷攻撃ハ成可ク多数確実ニ行フヲ要ス。（發八根司令官）

（3）廿二日〇八三〇、セントジョージ岬一二九度一六浬ニ於テ尾上丸、敵潜水艦ノ魚雷攻撃ヲ受ケ二番艙ニ命中、沈没セザルモ曳航船派遣方ヲ乞フ。（發二十八駆潜艇　宛八根司令官）

斯く毎日の状報を總括するに、敵潜水艦の活躍はその跳梁に任すが如く、味方の被害実に尠からず、充分警戒を要す。人の話に依れば、ガダルカナル方面の作戦も順調に進み、今日は陸からの總攻撃を行ふとか。成功を祈って止まず。RXI方面の戦況がかたづかねばR方面は全部困る次第。一二〇〇、初鷹と交代す。満二日間航海するとぐったりする程疲労を覚ゆ。暑さは骨まで沁みる。この日記を走らせてゐる今も流汗三斗、額からボタ〃〃と落ちる。今夜も寝苦しい事だろう。

＊跳梁……悪者などがのさばり、はびこること。勝手気ままに行動すること。

十月廿三日（金）　カビエン

晴れ渡った一日は矢張り暑さが酷しい。〇七四五、靖国神社例大祭に付、遙拝式を行ひ休業となる。暑さの烈しい為か、それとも二日間航海で、船に揺られた為めか身体がとても疲労感を覚ゆ。ゆっくり今日は一日休もう。午前、カビエン軍需部より野菜物が届いた。あの青々としたなす、胡瓜を見るとほっとすると同時に遠き我が家を思ふ。珍しい事に「とうもろこし」が沢山ある。今日の三時に煮て喰ふたが實が入りすぎて味が少なし。然し、その味は美味しいと云ふよりも家の味がした。故郷を偲ぶに充分であった。

午后半舷上陸あり。陸上通信隊脇広場で行はれる「土人の踊り大會」を見物す。土人達数百人、その部落々々によって異ったいで立、踊り、囃子、単調な踊りだが傑作なのがある。此処の設営隊に来てゐる八艦隊司令部附藤原中尉（同期生）に逢ふ。

土人の踊り具を二つばかり頂戴して四時過ぎ帰艇。月恍々と冴へ渡り、秋を思ふに充分なり。

十月廿四日（土）　カビエン出港　北上

〇六三〇頃、八根司令官より電報あり。「第二文丸ハ、トラック發南下中ノ陸軍輸送船日紀丸ヲRR迄護衛スベシ」により直ちに出動、北行す。一六〇〇、該船に合同する予定で予定地点に向ふも夜に至るも船影を認めず。速力七節しか出ぬ船故、途中潜水艦にでもやられたか。遂に止むなくカビエンに引返す。

十月廿五日（日）　航海中　日紀丸會合

朝、カビエンの島蔭が目の前に見えた頃、再び日紀丸を捜すべく出港。カビエン水上機も合同に協力の結果、一三〇〇頃、水平線上に岩城の煙り漂々たる日紀丸を發見。我が水偵機は盛に嚮導護衛してくれる。一四〇〇頃、合同護衛南下す。七節の速力では遅いこと甚し。都合に依りカビエンに假泊。明朝五時、ＲＲに向け出發す。日紀丸は陸軍兵と大發を積んでゐる。

潜水艦状報しきりに入る。相当数活躍してゐる模様なり。而もそれも内地近海らしい。日紀丸も已にトラック辺で二本雷撃を受けたそうだが、速力の遅いのが却って都合良く當らずに事なきを得てゐるらしい。

九州宮崎県沖で我国油槽船の豪華版、日章丸（約二〇〇〇〇噸）も雷撃二本命中、大損害を受けた旨電報あり。

＊嚮導……先に立って案内すること。

十月廿六日（月）　航海中

第五　壽丸（五六駆潜隊一番艦）ハラボール港北岬六浬哨戒中、敵大型機三機ノ執拗ナル爆撃ヲ受ケ、至近彈ニテ船体損傷シ陸岸近ク擱座セルモ遂ニ沈没ス。司令ハ二番艦ニ移レリ。戰死一、戰傷三ナリ。廿　五日。

敵はこんな小さい（約千噸位の）船まで小さきをあなどり攻撃したらしい。

ニューアイルランド島の島づたひに敵潜水艦眼をくらましつゝ、艇は進む。一二〇〇頃、猛烈雷鳴を交えた大スコール来る。

眞丸い月はあたりくまなく照りつける。

＊擱坐……船が浅瀬、暗礁に乗り上げること。座礁。

十月廿四日（土）カビエン出港 北上

○六三〇頃 入港司令官より電報あり 第二文丸ハトラック発南下中、陸軍輸送船日比丸ヲ欣迄護衛スベシ トアリ 直ちに出動 北行す 一六〇〇 該船に会同する予定で予定地点に向かう途にても船影を認めず 速力七節しか出ぬ船故 途中潜水艇にでもやられたか。遂に止むなくカビエンに向け引返す

十月廿五日（日）航海中 日比丸会合

朝カビエンの島影が見えかくれする頃 再び日比丸を捜すべく出港、カビエン水上機も会同に協力の結果 一二〇〇頃 水平線上に岩城の煙を認めた 日比丸を発見 我が水偵機は直ちに警戒護衛にとぶ 一四〇〇頃 会同護衛南下す。七節の速力では遅いこと甚し 翌朝はカビエンに仮泊 明朝ラボールに向け出発す。

日比丸は陸軍兵と兵器を積んでいる

潜水艦情報しきりに入る、相当数待機しての様子である 而も愛知内地近海でも。 日比丸もすでにトラック迄で二本雷撃を受けたそうだが速力の遅いのが却って命令良く当らず、まずまず命拾いしたらしい

九月頃富崎の港外で我が油槽船の東亜丸 日本丸（約一万噸）も雷撃二本命中大損害を受けた旨電報あり

十月廿六日（月）航海中

第五号丸（五六駆潜隊（高級））はニューブリテン北岬方面哨戒中 敵大型機三機ハ我物資爆撃ヲ受ケ至近弾二ノ為船体損傷 陸岸近くで擱坐せしも遂に沈没す

司令ハ 二番艦に移り 戦死一 負傷二十名 廿五日

敵はこんな小さい（約千噸位）の船まで小さきもあきたらず攻撃しあるらしい

ニューブリテン島の島影の見ゆるあたりに 敵機は艦艇をくらまし つつ艇は進む

一三〇〇頃 船団 雷鳴を交えて大スコール来る

日比丸は案外あまりよく追ってくる

十月廿七日（火） ラボール

○四三〇 無事護衛任務を果して約廿日振りでラボールに入港する 敵爆撃を避ける為であろう 湾口の錨泊地に陸軍輸送船を始め運送船が大小取りまぜて四十隻位在泊せしには驚く。 二本煙突の四千トンや五千トンの船は敵潜にやられるわけだが。

相当 ガダルカナル方面に 我軍は兵力兵器を送っているらしい。 軍艦らしいものは（重巡）見当らぬ。 我が新式特型駆逐艦（秋月）が高砂丸（病院船）に横着け中。 [illegible] 入口九ヶの [illegible] の主 [illegible] が来る。 味方中攻が直ちに [illegible] 陸上の諸所には爆風或は近撃弾がやられ [illegible] を つし 折って海中に突込んでいる。

とかく我が痛ましい眼に映る。

今朝病院船から降ろした私の家から便り（妹及弟ら）あり 我が家の [illegible] を知り 自ら [illegible]。

第四章——戦陣日記(III)

十月廿七日（火）ラボール

〇四三〇、無事護衛任務を果して約廿日振りでラボール港に入る。敵爆弾を避ける為であろう、湾口の陸辺りに陸軍輸送船その他運送船が大小取りまぜて四十杯位在港中には驚く。これだもの、四杯や五杯の船は敵潜にやられるわけだ。相当ガダルカナル方面に我軍も兵力、兵器を送ったらしい。軍艦らしいものは一隻も見当らぬ。最新式特型駆逐艦（秋月）が高砂丸（病院船）に横着け中。港入口、九日のラボールの空爆の跡が生々しい。味方中攻が撃墜されたが翼をへし折って海中に突入してゐる。陸上の諸所には爆風或いは直撃弾でやられた処が痛々しく眼に映る。

久し振りで懐しい待ち憧れた我が家からの便り（妹及弟より）あり。我が家の健在を知り自ら慰む。十月分の俸給一五八円余頂く。大枚振って百円の貯金と、百円我家と祖父のもとに送金す。

一一三〇、山口一水を第八海軍病院送院の為め上陸。送院手続を終了。八十一警病舎にて上川中尉、海軍病院にて千坂中尉等に逢ふ。市街は到る処、新設防空壕で一杯だ。話に依ると八、九日の夜の空爆は實に猛烈で、全く陸上のゐる者は生きた心地がなかった由。軍事郵便所前の防空壕も直撃弾を受け、所長以下十数名死傷せりと。そう云へば散髪の帰途、郵便所の前を見ると成程郵便所の一角は爆風で破壊され、街路樹は大きく焼けこげ、道端にあった防空壕は影も形もなし。

今日も晝間、敵姿こそ見ねど空襲警報二回あり。ガダルカナル方面でも大分、運送船、軍艦の沈没、損傷、相當の死傷あった模様なり。最上川丸も雷撃で損傷を受けてゐる。「由良」もやられた由。然し昨日とかRXE方面で大戰果を擧げた模様。第三次ソロモン海戰とでも云ふか。今晩あたり久し振りで大戰果、軍艦マーチのニュースが聞ける事だろう。

ソロモン沖で戰艦一撃沈、戰艦一大破、航母四撃沈せりと。万歳〳〵。

今日も爆撃に行ったのであろう、中攻十機編隊も鮮かに帰る。（一三三〇頃）

今夜あたり空爆があるかも知れぬ。この二、三日夜の空襲がないそうだから。

一九〇〇、緊張してラヂオの前に向ふたが特別ニュースがないのでがっかりと思ふたら二一〇〇、特別發表ある旨伝ふて胸躍らす。而も第二次ソロモン海戰以来の戰果の發表だそうだ。九時になるのが待遠しい。

二一〇〇、取りすがる様にラヂオの前に寄りついた。南太平洋海戰（八月 廿六日）及第二次ソロモン海戰（即、自八月廿五日　至十月二十五日）の驚異的大戰果の發表、思はず血沸き肉踊る。小川海軍報道部長の聲がとても力強く響く。

大々戰果は次の通り。（今次大東亜戰始まって以来の、否開闢以来の大戰果ならん）

「大本営十月 廿 七日午后八時　卅 分發 表

一、帝國艦隊ハ二十六日黎明ヨリ同夜ニ亙リ「サンタクルーズ」諸島北方洋上デ、敵有力艦隊ト交戰。

敵空母四、戰艦一、艦型不祥一ヲ撃沈。戰艦一、巡艦三、駆逐艦一ヲ中破。飛行機二〇〇以上ヲ撃墜破ス。

我方ノ損害、空母二（翔鶴、鳳翔）、巡一（筑摩）中破セルモ戰斗、航海ニ差支ヘナシ。
未帰還四十機。（南太平洋海戰）

二、第二次ソロモン海戰以降、南太平洋海戦直前迄（二五／Ⅷ—二五／Ⅹ）ニ於ケルソロモン群島方面ノ帝國海軍部隊ノ戰果左ノ如シ。

（イ）撃沈　米空母一（ワスプ一万四千七百噸）、巡三、潜六、駆五、輸送船六、掃海艇一
（ロ）大破　戰艦一、空母一、巡一、潜一、掃一、輸送船一
（ハ）中破　空母一
（ニ）飛行機　撃墜四〇三以上、撃破九八、其他B—17十九ニ損害ヲ与フ。
（ホ）我方損害　沈没　巡二（加古、古鷹）、駆二、潜一、輸五
　　大破　駆一、輸三
　　中破　巡一、駆二、潜一、輸三
　　飛行機　自爆二六、大破三一、未帰還七八

右第一次ソロモン海戰以来、戰艦三、空母七、外艦艇四十一、飛行機七一九以上撃破セリ」

十月廿八日（水）　ラボール

〇七〇〇、上陸。第八海軍病院に到り、傳法中尉に面會。山口一水の入院治療の件をお願ひす。艇は二ヶ月分の食糧品及貯糧品の積込みを午前中かゝって行ふ。

一二〇〇、半舷上陸員と共に上陸。その頃空襲警報發せらる。山本部隊（二空）に嶋田軍医少尉（同期生）を訪問。軍医學校以来、初の顔合せ。種々懇談す。

初めてラボール飛行場を見物す。我若鷲の精鋭が楽し気に機翼を休む。今日〇八〇〇頃、中攻約

二十数機見事な編隊で飛び立ったがどこへ行くのか知らず。我が家に便りを送る。昨夜も二二〇〇頃、空襲警報ある。なれば私は熟睡中で知らず。

十月廿九日（木）　ラボール

給油船金鈴丸より重油補給。更に興安丸より飲料水及雑用水の補給を受く。興安丸横着け中の合間を利用して、興安丸のバスに這入る。兵に背中を洗ふて貰ふて四ヶ月の垢を一度に落して貰ふ。海水湯に漬ったので、あとで体のぐったりと疲れたこと。

發八根、第二文丸ハ明日夕刻、第三湊丸ヲ護衛、ラボール發カビエンニ帰投セヨ。

明日一五〇〇出港と決まる。午后、散歩上陸許可せらる。

一一三〇、艇長、八病に診察に行く為め、艇長と共に港務部の自動車を借りて山の上の第八海軍病院に到る。内科部長の受診の結果、艇長は右肺炎浸潤らしい。レントゲンを撮影す。内科部長（少佐）は仲々内科医らしいタイプで和なしい方であった。

「小型艇は仲々やかましくて、聴診器などでよく聞えず仲々診断が難しい。出来る限り問診を精細にするが良い。私もよく小艦艇に乗って経験ある故そうしたらい丶と思ふ」と結構なる教訓を頂いて恐縮せり。

十月三十日（金）　ラボール　出港

午前、散歩上陸。八十一警、二空病舎に夫々上川中尉、鶴田少尉訪問。南貿に買物す。

生糧品、貯糧品等新しいものを沢山積んだので食物の美味しい事。食慾大に進む。

一五〇〇、愈々ラボール發カビエンに向ふ。第三湊丸と云ふ油槽船を護衛す。出港時、猛烈なる大スコール襲来、航行も危険な程。ラボール湾入口にて暫く止む。昨日、今日、空襲一回もなしとはあな珍らしい。

十月三十一日（土）　カビエン

一二〇〇頃カビエン着。第二図南丸も大部分浮上して桟橋に浮んでゐる。天龍丸、白鷹、高砂丸等在港せり。早速パパイヤが食べられたり。

中央高地から見たラバウル港

十一月一日（日）　カビエン

一一三〇、出港予定。日曜日の為め休業日課となる。休業と云ふても暑い艇内で唯漠然と手をこまぬいてゐると余計体がだるい。

セントジョーヂ岬沖で又や敵潜水艦現はる。出港予定変更となり、一四〇〇、出港。清澄丸の護衛に當る事となった。如何なる理由か。今次ソロモン海戰の大戰果及南太平洋海戰に関し、聯合艦隊指令長官に賜りたる勅語は當分の間發表せぬこととなった旨電報あり。

君がため　世の為め何か　惜しからん
すて丶甲斐ある　命なりせば（宗

良親王）

十一月二日（月）　カビエン

カビエン水道を南下。先日住吉丸遭難せるニューハノバー島沖に至る。この辺で海軍徴用艦清澄丸を迎へて、之が護衛に當る事になった。が、然し清澄丸がこの辺を通過するのは一八〇〇頃とて、それまでその辺を哨戒してゐたが、一八〇〇ではすっかり闇に閉ざされてしまって見えぬ。見えぬまゝに又カビエンに向け引返す。

十一月三日（火）　明治節　カビエン

洗面が済んで後甲板に出たら、已に例の水道入口に達してゐた。大きな鯨が塩をふきつゝ泳いでゐる。今朝、大きな鰹が引き釣りで釣れた。早速刺身と変ず。〇七四五、明治の佳節を祝ふ搖拝式を行ふ。今頃は内地も一番気候の良いとき、咲き始めた菊が我が家の廻りに香り居る事だろう。南洋に於ては少しも菊月の気分が出ぬわい。珍しくも「お志るこ」で晝食が美味しい。午后前、甲板で兵員達にすっかり祝酒を飲まされのびてしまった。とても愉快な日である。

二日一五三〇、南緯七度三分、東経一四九度三六分ニ於テ敵爆弾ニヨリ、ヤス川丸損傷、長良丸之ヲ曳船。サレド途中、曳航航行不能トナリ浸水甚ダシキタメ撃沈ニ決ス。ヤス川丸乗員一〇〇〇、全名ハ長良丸ニ救助ス。發　鴻、鴨艦長。

うれ志くも　菊の佳節に　長らへて

わがはらからに　夢走るかな

＊明治節……十一月三日、明治天皇の誕生日。現文化の日
＊佳節……めでたい日。祝日。賀節。
＊はらから……兄弟、姉妹。同国人。「同胞」と書く。

十一月四日（水）　カビエン

一二〇〇、出港、哨戒作業に就く。猛風雨到りシケる。船はまるで踊ってゐる様だ。ひと処にじっとなどとてもしては居られぬ。一日中荒れ気味であった。矢張りシケは苦手だ。頭が重く憂鬱だ。

十一月五日（木）　カビエン

今日も暗雲低く垂れこめて波高く雨繁し。こんなのが続くと一寸陸上が恋しくなる。一二〇〇、白鷹と交代す。

早速土人のカヌーが船辺にやって来て、パパイヤ、バナナの押し売りだ。買手も多いので忽ち売れる。土人の奴、煙草を五十箱位せしめて意気揚々と引挙ぐ。お蔭様でこの私も大のパパイヤ好物になってしまった。

いづこでも　氣はもちようの　たとへにて
ふるさと志のぶ　パパイヤの味

十一月六日（金）　カビエン

今日も一日中烈(はげ)しいスコールが降ったり止んだり。風は強くて相当の荒模様なり。

本日の哨戒作業は取止(とりや)めとなる。ほっと胸なでおろす。船に揺(ゆ)られる為か疲労感甚(はなは)だし。

十一月七日（土）　カビエン

白鷹(しらたか)、長浦(ながうら)を護衛してラボールに帰る。従って本艇の罐(かま)の蒸気管が腐(くさ)って蒸気洩(も)れ、清水(せいすい)がなくなって海水を使用する始末。これでは一寸(ちょっと)出港出来ず。早速八根司令官に電報を發(はっ)して大修理方(かた)を申請せり。

午前十二、設営隊に患者二名依託(いたく)す。帰途大風雨に會(あ)ひ、帰艇出来ず。カビエンの第八軍需部出張所で雨宿りしてゐたら、遂(つい)に晝食(ちゅうしょく)も御馳走(ごちそう)になってしまった。雨に濡(ぬ)れて寒くなった処(ところ)へ空腹、とても旨(うま)かったこと。玉蜀黍(とうもろこし)をうでて貰(もら)ふ。子供時代を思ふては夢中で食べてしまった。恥(はずか)しい位だ。南洋に来て焚(た)き火をしたのは初めてだ。

荒気味な天気も夜分に入り大分(だいぶ)静かになる。小魚が無数キラ〱と船辺(ふなべ)りに遊ぶ。一九〇〇のニュースは、

我ガ潜水艦ハ八、九、十ノ三ヶ月間ニ敵潜三十六、敵商船三十四ヲ撃沈セリ。我ガ方、潜水艦二、商船二十二ヲ失ヘ(エ)リ。

と大本営の發表(はっぴょう)を行ふてゐ(い)た。

たの志みは　神の御國の　民として
　神のをしえを　ふかく思ふとき

十一月八日（日）　大詔奉戴日　カビエン

　今日は風雨が止んだ。午前、洗濯日課。午后休業。休業ではあるが即時待機で何の変りもないが、休業となれば気は楽だ。朋友諸先輩に便りを書く。土人から熟したパイナップルと大きなパパイヤを求めた。今日パパイヤの旨い事珍らしい。船の辺りには一日中何万か知らぬが無数の小魚が遊ぶ。之を求める。鰹やすゞきの大魚がこの小魚の群を追ふ。そして一丈位飛び上る。まるでボーイングの様だ。夕方二匹の鷗が上手に急降下で小魚をあさってゐる。うねり高く、鳥が己がねぐらに帰って行く。

たの志みは　太平洋を　乗り越えて
　米（アメリカ）を刈ったり　喰ふたり

＊大詔奉戴……天皇の言葉を慎んで戴くこと。

十一月九日（月）　カビエン

　パイナップルの熟す時季か。屡りに土人達はパインを運ぶ。それも黄桃色になって、而もその香しい香りが鼻をつく。パイナップル丈けは罐詰が一番美味しいと思ふて居たが、仲々そうではない。

木で熟したあの瑞々しい味は一寸忘れられぬ。

缶壊れて微速位が出ぬと云ふのに一二〇〇、出港、哨戒。一六〇〇、帰投す。昨夜二一〇〇、敵空襲あり。陸上飛行場に爆弾十数發、照明弾一發落す。こちらが無抵抗なものだから好い気になって、更に二二三〇頃、数台の敵機来襲。陸上及本艇上空を二時間位飛び廻った擧苦、照明弾三、小型爆弾十發程を本艇附近及桟橋近くに落す。被害は殆どないらしい。

然しヒュウー〳〵と云ふて落下する爆弾の音は一寸気持の良いものではない。

二〇一五頃、短波受信機に依って重慶よりの對日デマ放送を聞いた。澄んだ美しい女の聲がスピーカーから流れる。流暢な日本語でニューギニア北東部に米軍活躍の報やソロモン、ガダルカナル島で日本軍は五千百八十八名の戦死者を出した等、濠州の敗残の将マッカーサの發表を放送してゐた。笑止の限りである。

十一月十日（火）　カビエン

警泊の儘一日が暮れる。艦内に鼠が頻出するので之が退治やら荷物戸棚の整理やら大騒ぎ。無為徒食の一日を送る。

十一月十一日（水）　カビエン

去る七日、十二設営隊に依託せる患者二名輕快の旨、電報ありたるを以て、〇八〇〇、陸上に迎へに行く。民政部出張所より「太陽」なる朝日新聞社發行の南方向け雑誌（寫眞週報の如きもの）を二部頂戴す。カビエンの陸上は全く花園の様に美しい処だ。少しも上陸がないので土を踏むと気持が良い。

一六〇〇、陸上から野菜物を取りに行った兵達が帰って来た。白いナスを籠一杯、花に見えた。郵便物の袋、「それっ！　郵便物が来たぞ」と兵達が思はず叫ぶ。船の脇では数十匹の鰹の群が小魚な追ふて海水面の上に飛び上る様、唯「あれよ〱」と見てゐるものの壮快な眺めだ。

軍艦旗降ろし方が終ると郵便物を開けて見た。私の待ちに待った慰問袋が二個、胸をときめかして受取る。その外手紙数本あり。唯々嬉しき限りなり。父から、母より、可愛い、弟達よりやさしい筆の跡。どうしても涙が出る。胸迫る。己が幸福感がはっきりと分った。生き甲斐を感得した。寫眞はとてもうれしかった。我が家の健在力強きのみ。手紙は貪る様にして読む。何回も〱読みふける。時計は午后一〇時三十分になった。もう一回と、頑張って読む。叔父、從兄弟達のなめらかな筆の跡は胸を打つ。

父よ母よ、弟妹達よ、兄はこの通り元気、御安心下さい。皆んなの眞心こめた慰問袋を今受け取って泣いてゐます。勿論それは嬉し泣き。有難たう。杉浦一家万歳！　親戚一同万歳！　と心の中で獨り叫んだ。

蒸し暑く、寝苦しい夜。

湧き出ずる　わがはらからの　送られし
慰問袋の　ふるさとの味

發十一AF参謀、十一日〇九四五、地点ケラモ二七ニ敵輸送船四、駆四、ソノ後方二〇浬ニ戰艦三、巡一、駆四、針路二八〇度、速力十六節。一〇三〇迄接触ス。更ニ一〇四五、地点ケリラ、針路三四〇度、速力十四節ニテ敵大巡一、輸一発見セリ。
發三井少佐（ガダルカナル陸軍）
十一日一四四〇、敵輸送船一、駆逐艦一ルンガ出港、東ニ向フ。

十一月十二日（木）　カビエン

〇六三〇、出港。一二〇〇まで哨戒作業に就く。立風、第五日の丸、秋津湖入港す。一一三〇頃、第三関丸、RRヨリ入港。

一三〇〇、第五日の丸は横着け、清水補給す。第三関丸池田軍医少尉の訪問を受く。假泊す。

今日、昨日發見せる敵艦隊を攻撃に我航空隊出撃せる様子なるも、大なる戰果はない様子だ。

十一月十三日（金）　カビエン

南洋らしい天気が久し振りで訪る。うねりさえない。

〇九〇〇、慰問袋が来た。本艇ラボール方面に来て初めて、即ち七ヶ月振りで送られた。兵達が喜ぶこと甚だし。然し一人に一個宛、割當てにはならぬ。三人に一個か。長野県の某村の銃后奉公會からと、山梨県の都留高女一年生からだ。手紙を読んで微笑む勇士の顔、やはり慰問袋はうれしいと見える。

私はいつも考へてゐるのであるが、学校（国民学校女学校）で慰問文をまとめて一つ宛に一緒に送るとはどうかと思ふ。慰問袋を現地に發送するのは海軍の何処で扱ふてゐるか知らぬが、こう同じ学校から同学年の生徒から一度に同じ様な手紙を貰ふては折角の可愛い彼等が心こめて書いた慰問の文が價値を半減してしまふ。

之は現地發送の荷造りの際、各地から来た慰問文を雑多に入れるべきだと思ふ。そうすれば各地各方面から集ってゐる兵達も必ず自分の出身地からの手紙が見られて懐しいものだろう。十把一からげで来たのでは悪い様だが見る気がせぬ。

之は送られた人の罪でなくて發送する海軍の某者の罪だ。日数と貴重な紙を用ひて兵達が見ぬ様な慰問文はわざ〳〵送る事はない。唯送りさえすれば良いでは悪徳商人と同じで、現地の兵は全く有難迷惑だ。海軍のその筋の猛省を促し度い。

慰問袋の中にあった釣道具を出して早速使用したが一匹もつれず。昨日も父よりの慰問袋の雑誌は、兵達がとても喜んで「これはい、、軍醫長貸して下さい」と。兵達が皆どこかへもってゐってしまって、結局自分の処に読むものは新聞丈となってしまふた。

三ヶ月様がはっきりと大空に浮ぶ。

月夜で明るく静かな夜だ。

就寝前、父と母よりの便りを読む。「富士山頂で、杉浦軍医少尉萬歳を叫ぶ」と。「世界のどんなはてに行っても、今までの父の苦労を忘れるな」と、思はず涙がにじむ。

十一月十四日（土）　カビエン

井上康平教授、野村の叔父、小早志、浦野等へ慰問袋の礼状及近況を便りす。第三関丸、本艇近く投錨。仲良く假泊す。

（1）長良及駆逐隊ハ十三日〇四〇〇、當面ノ敵艦隊ヲ攻撃。次ノ戰果ヲ得。

長良　防空巡洋艦（カイロ型）　一、駆逐艦一　撃沈

雪風　防巡　一、駆　一　大破（撃沈確実）

電(イナズマ)　大巡　一　轟沈(ゴウチン)
雷(イカヅチ)　防巡　一　撃沈
夕立(ユウダチ)　巡　一　撃沈
被害　比叡(ヒエイ)　艦橋(カンキョウ)火災　夕立　航行不能　村雨(ムラサメ)　小破
長良　通信不能　暁風、天津風(アマツカゼ)　消息不明　發(ハツ)十一戰隊司令官

（2）發十一戰隊司令官　比良　機械室浸水甚(ハナハ)ダシク驅逐艦ニヨル曳航(エイコウ)不可能。

（3）發三井少佐　ルンガ泊敵艦隊ハ航行不能。大巡二、哨戒艇二ノ外(ホカ)敵影ヲ認メズ。其后(ソノゴ)ノ状況スコールノ為見エズ。

（4）發GF長官　基地航空隊ハ十四日、二式飛行艇ヲ以(モッ)テ十三日同様索敵(サクテキ)セヨ。

（5）發三井少佐　ポートランド型一、航行不能ナリシニ敵ハ曳行開始、東ニ向フ。速力二節(ノット)。

（6）發前進部隊指揮官　神国丸、旭東丸、白栄丸ハ南緯四度〇分、東経一五八度三十分ニ進出セヨ。

（7）發GF長官　比良処分スルナ。

又々この戰果、痛快ならずや。敵があせればあせるほど我(わが)海軍の好餌(こうじ)、愉快〳〵。今日か明日、吃度(きっと)軍艦マーチがきけるだろう。

○八四五、陸上で異様な音がする。高角砲を射(しゃ)してゐるらしい。戰斗機が二、三機ぐん〳〵上昇する。敵機襲来だ。成程(なるほど)、本艇の西上空、敵大型機一、銀翼を太陽にキラ〳〵輝かせてどん〳〵早いスピードで西南に向って逃げてゆく。高度は七〇〇〇か八〇〇〇ではお話にならぬ。

一一三〇、出港。哨戒作業に就(つ)く。すっかり波静かになったので大丈夫。一七〇〇、入港警泊す。

三ヶ月が冴え渡る。この月も吾が家の父母兄弟がながめてゐる事を思ふと、じーと眺めてゐる。可愛い英子、正明、聡子、正剛、洋子等の弟妹達に便りす。

十一月十五日（日）　カビエン

日曜日の為め一日休業す。午前、艇長と共に第三関丸に乗り、池田少尉訪ぬ。三関艇長の發案で今夕、久し振りで二文、三関會合の懇親會を開かんと。〇七〇〇頃、我が新鋭海軍爆撃機十数台、銀翼を連ねてカビエン飛行場發、攻撃に向ふ。大戦果を祈る。

又々昨夜もツラギ沖で敵艦隊を捕捉、大野戦を展開、舷々相摩す激戦を交えて大戦果を擧げた模様。然し、遂に我が海軍の高速巡洋戦艦霧島、敵戦艦二の攻撃を受け、ツラギ沖にて名譽の戰死、沈没せり。嗚呼惜しき哉。大東亜戰開始以来、已に一ヶ年近く我が軍の方の被害多少あるは仕方なきも、霧島沈没とは考へても惜しこと。在天の英霊安らかに眠れ。必ず仇は討ってやるぞ。

（1）發伊二十六潜水艦長、地点ケモムム一八ニ於テ南下中、巡二、駆三襲撃。發射雷数二、爆發音ヲ聴キタルモ効果不明。

（2）發雷艦長、雷、敵彈八命中、揚錨機一、二番砲使用不能、内火艇大破、戰死十三、重傷二十六。

カビエン基地の九九艦爆

（3）發二F参謀長、「ガ」島攻撃隊ハ會敵ヲ予期シツツ予定ノRXI攻撃。此間輸送船團入泊ヲ掩護、敵ヲ發見セズ之ヲ撃滅。發見ノ状況ニ鑑ミ、速ニ北方ニ離脱予定。

（4）發十戰隊司令官、十四一九五〇、長良、十駆、五月雨、電ヲ率ヒ、ルンガ沖敵艦攻撃ニ向ヒ、二一二三、敵巡二、駆四ヲ發見、之ヲ攻撃。巡二ニ對シ魚雷五命中セシム。二一五〇、「エスペランス」岬沖ニ敵戰艦二（内一ハ新型ナルコト確実）ヲ發見。長良之ヲ雷撃セルモ効果不明。爾后、當隊此ノ新型戰艦ヲ追撃、二三四五、ラッセル島一三五度二一浬ニ雷撃（發射雷数二三）發射后、白雪、五月雨、銀洋丸、爆發音ラシキモノ三ヲ聴ク。

（5）十四日船團入泊地侵入時、第四戰隊敵ト交戰中ヲ發見。十五駆ヲ急派。親潮ハ二二四二、サボ島西一八浬ニテ敵戰艦ニ魚雷一命中セシム。

（6）發三井少佐、①敵駆二、ツラギ出港。輸送船團ノ方向ニ向ヒツツアリ。②輸送船團ニ對スル敵銃爆撃極メテ猛烈、火災ヲ起セルモノ三隻。

（7）發山陽丸飛行士、敵グラマン戰斗機ト交戰、不時着。陽炎ニ収容サル。戰果グラマン二撃墜。

（8）發四水戰司令官、朝雲、照月ヲ率ヒ前進中、二一五七、敵戰艦發見、近迫攻撃。次デ敗走スル敵戰艦ヲ追撃中、霧島救援ヲ命ゼラレ十五日〇一二〇、霧島顚覆後、沈没セルヲ以テ乗員救助。〇二三〇、北方避退セリ。

戰果　ノースカロライナ型ニ命中魚雷二（朝雲）、同艦橋ニ命中弾多数。

霧島収容人員　艦長以下一一二八名。

（9）發前進部隊指揮官、戰果　大巡二、駆一轟沈。駆一撃破。大巡一、駆一大破。戰艦（ノースカロライナ型）ニ命中魚雷二。

戰艦（アイダホ型）一命中魚雷三。外ニ親潮、魚雷一戰艦ニ命中。

尚第四戦隊ハ〇〇三〇頃、戦艦又ハ極メテ大型ト認メルモノ一、サボ島南東デ連続大爆發セルヲ目撃セリ。沈没確実ト認ム。

夕刻、三関に於て懇親會。大に痛飲せり。

＊舷々相摩す……船ばたが互いに擦れ合う。船と船が接近して激しく戦う様子

＊爾后……その後。それから以後。

十一月十六日（月）　カビエン

即時待機で警泊す。昨日の二日酔で全身違和、頭痛甚だし。一日何をするのも不快だった。橋本先生に書簡出す。

蒸し暑い一日。家郷の父母兄妹は何をしてゐる事やらん。

（1）發第四水戰司令官

①「霧島」沈没状況次ノ如シ（同艦副長談）。ノースカロライナ型戰艦二ノ近距離集中射撃ヲ被弾、主砲弾約十發、高角砲弾数十發、艦尾ニ魚雷一乃至三命中セル疑。操舵不能トナリ、爾后艦内処々ニ火災発生浸水　甚シ。中甲板以下ノ防水区劃殆ド其ノ大部ヲ満水セリ。當初右ニ約四度傾斜、復原ノ為メ左舷ニ注水セルニ間モナク左舷ニ急速ニ傾斜、〇一二〇、顛覆沈没セリ。

②救助員　艦副長以下准士官以上六九、下士官兵一〇五九。

（2）發三井少佐　一五日一八三二

①敵機ノ状況　午前ヨリ稍活気ヲ欠クルモ揚陸地攻撃、延機数約二〇機。艦爆ハ主ニ昨夜

戰沈没敵艦船乗員ノ探索ヲ続行中。
②駆二、ツラギ方面ニアルノ外、敵艦艇ヲ見ズ。
③我艦團ノ状況　四隻戰焔中、山之内参謀ト連絡ノ結果、人員二〇〇〇殆ド被害ナク揚陸。
山砲、野砲彈計二六〇箱、米一五〇〇俵揚陸。
④陸軍ハ十二日、攻勢ヲ取リ、旧海軍本部占領、其他若干戰利品アル見込。

（3）發八根司令官　宛ブナ派遣隊
イ、既命方針ニ基キ全力ヲ擧テ敵ヲ反撃撃滅セヨ。
ロ、本日、艦爆、戰斗機計三〇發進セリ。
一九〇〇、ラヂオのニュースは去月廿六日の南太平洋海戰の綜合戰果を發表せり。

十一月十七日（火）　カビエン

（1）敵ハＲＡＦ（ブナ）方面ニ攻撃ヲ企図セントスル模様ニシテ、急遽主力一箇大隊ナル部隊約一〇〇〇名ヲ増援スルヲ要ス。至急艦船ノ配備方配慮ヲ得度。
本隊ハ明早朝準備完成ノ予定。（發南方派遣部隊指揮官　宛八Ｆ長官）

（2）發一Ｂｇ司令官。
十五日、十六日、敵機ノ執拗熾烈ナル爆撃アリタルヲ以テ警戒ヲ嚴ニシ居リタ処、十六日一〇〇〇、敵輸送船二、ＲＡＦ南約五浬ニ侵入揚陸開始シ、一〇四五、出港セリ。更ニ一六二〇、更ニ輸送船二入港セルモ味方爆撃機ノ有効ナル爆撃ヲ受ク。敵上陸地點、「サンボダ」河（ＲＡＦ南方七浬）右岸。敵揚陸兵力、約一〇〇〇名以内。
味方兵力、横五特陸、約五五〇名、工員、四五〇名。其他一〇〇。

午前、我が家へ便りを記す。

一一三〇、散歩上陸許さる。兵員と共にカビエン市街に散歩に出掛けた。途次、十二設営隊本部を訪ねれば藤原軍医中尉、一昨夜マラリアに罹患、苦しんで居られて見舞ふ。軍医長にお逢ひして種々懇談す。更に兵達と共に飛行場隣りの民生部農園に到り、我が家の畑と思ひつゝ、散歩す。飛行場はとても小さく滑走路丈けだ。今日、生来初めて慰安所をのぞき、建物の工合を見て来た。

一五三〇、帰艇。夕食后玉蜀黍一本食べたり。旨いこと。

うねり高く荒れ気味なり。

十一月十八日(水) カビエン
〇七〇〇、出港、哨戒に出ず。本日一一〇〇頃、七戦隊、ROに入港するので第三関丸も出港、哨戒に就く。天かき曇り風強く、浪は船を呑むばかり。手荒いシケだ。艇は約三〇度も傾斜する。ガラリン、コロリンの室内の器物が迷ふてゐる。ドッーと飛沫は甲板を洗ふ。歩く事も出来ぬ。波のすさまじさを見てゐると勇壮の感なきにもあらずも。こう船が揺れると船酔の前兆、われる様に頭が痛い。食事を取れるのはせめてもだ。午前午后共、室内に潜って寝てばかり。小艇にはこの苦労、内地の有閑人に見せてやり度し。
一一三〇、七戦隊入港。一五〇〇頃、初鷹入港す。本艇も一六〇〇、假泊せり。
電報を見るに内地近海及南洋海面、頻に敵潜水艦現はる。彼等が何か大きな作戦を企図すると同時に、潜水艦が相當現はれる。
(1)一一三五、セントジョーヂ岬二一五度三一浬ニテ東洋丸、敵潜水艦ノ雷撃四ヲ受ケ、一發一番艙ニ命中。速力、五・五節。

（2）發七戰隊司令官
七戰隊司令官ハ外南洋増援部隊（鈴谷、摩耶、天龍、涼風）及朝風ヲ率ヒ、一七日〇六〇〇、
RXE發拾八日一一〇〇、RO着予定。

一九〇〇、愈々数日前のソロモン方面戰争の戰果發表のニュースがある。軍艦マーチ高らかにスピーカーより流る。胸跳らせて吸ひつく様に聴く。

一八日午后三時三十分、大本営海軍部發表。

南太平洋方面ニ戦斗継続中ノ帝国海軍部隊ハ、去ル十二日ヨリ十四日ニ渉リソロモン群島北方洋上ニ、米艦隊ト遭遇、ソノ補助艦艇ノ大半ヲ潰滅。戰艦二ヲ損傷セシメタリ。戰果次ノ通リ。
（一）艦船　撃沈　巡八（内新型三、五轟沈）、駆四―五、輸送船一
　　　　　大破　巡三、駆三―四
　　　　　中破　戰艦二
（二）飛行機　撃墜　六十三、　撃破　十数機
（三）我方損害　戰艦一沈没、一大破、巡一沈没、駆三沈没、輸送船七大破、
　　　　　飛行機　自爆三十六、未帰還九
「註」十一月十二日ヨリ十四日マデノ右海戰ヲ第三次ソロモン海戰ト呼稱ス。
右の發表の如く、如何に戦斗熾烈たるか。在天の英靈安らかに眠れ！
然し考へるに、味方戰艦の損傷、沈没は口惜しい。又も二三〇〇、敵機来襲す。
十一月十九日（木）　カビエン
朝来猛烈なるスコールは遂に暴風雨となる。ヒュー〳〵と猛風と共に大粒の雨が遠慮なく吹附け

る。終日室内に暮らす。心労甚（はなは）だし。

第三関丸、出港、哨戒に就（つ）きたるも如何（いか）にシケられてゐる事やら。無為息災（むいそくさい）の一日を費（ついや）した。

二二〇〇頃、又もや敵機の来襲があった。陸上に数發（すうはつ）の爆弾の音、その中に本艇のすぐ上を飛んでゐる。抵抗がないものだから高度低い。暗夜（やみよ）でも姿が見える。あそこに行く〱と騒いでゐると突如（とつじょ）、斜左前方に一点パットと明るくなる。それ危いと思はず身をかゞめた。数百米（メートル）先の海中に一發、焼夷弾（しょういだん）か小型爆弾らしい。

十一月廿日（はつか）（金）　カビエン

〇七〇〇、出港、哨戒作業に従事。相変らず天候は荒模様。艇は横倒しに倒れるのではないかと思はる程。ザッーと飛沫を揚（あ）げて海水が船辺を洗ふ。

一昨日よりひどい波だ。船の動揺が大きければ大きい程、自分の頭痛の度が増す。

一五〇〇、七戦隊泊地入口に投錨假泊（とうびょうかはく）す。ほっとするが仲々頭痛はすぐには去らぬ。スコールは矢継（やつ）ぎ早（ばや）にくるし、こうなっては船はみじめだ。早朝「夕月（ゆうづき）」「諏訪丸（すわまる）」を護衛してPTより入港す。

十一月廿（にじゅう）一日（土）　カビエン

〇六〇〇、出港。何時（いつ）もの投錨地に向ふ。その頃より猛烈なる暴風雨来る。けれど追風だから心配はない。吹きつける風、押寄せる丈余（じょうよ）の波。艇は今横倒しになるのではないかと慮（おもんぱか）れる。南洋でこんな荒気も珍らしい。風速十七、八もあろう。昨夜又々蒸気管の腐敗せる処（ところ）破れて艇は速力が出ない。風に追はれてやっとの事で〇八〇〇投錨。

中攻が一機、この暴雨を衝いて舞上ってゐる。偉なる哉。本艇長の名を以て八根司令官宛、鑵故障、至急修理し度き旨電報發す。更にRO哨戒部隊指揮官（第三関丸艇長）の名を以て8Bgに電文す。全く修理せずにいつまでこうやってゐるは無気味も甚し。現在の状況なれば爆雷も投射出来ねば潜水艦に追掛られてしまふ。

一一四五、散歩上陸と共に上陸。午前中より空爆機も大分静かになったと思ひきや、上陸した途端又々猛烈なる風雨。止むのを一時間待って民生部及農園に行く。土人の家を借りて玉蜀黍を焼いて食べた。あまり実が熟さぬので不味い。陸上の人の話に依れば、昨夜も空襲あった由。彼等米英はボーイングの優秀性を頼んで、この悪天候を衝いて毎夜空襲とは感心なものだ。然しボーイングは仕方がない程にくらしい奴だ。

陸上では樹木、家屋が大分倒れてゐる。相當な嵐だったことが分る。夜は静かになる。相変らず潜水艦情報は頻に入る。

二十一号掃海艇、昨夕一六四五、南緯七度、東経一五三度附近で敵潜一を血祭に擧ぐ。

十一月廿二日（日）　カビエン

○九〇〇、病院船朝日丸入港。白亜の船体を横へる。

一一〇〇、重油補給、清水補給の為め、第二図南丸に横着け。一二〇〇頃、突如暗雲襲来と共に猛烈数十米の風雨来り、遂に纜が切れる。さあ大変。警急信号で暴風雨の中を重油と雨とに濡れ鼠となって、總員應急処置。やっとの事で難を免るると共にけろりと風雨も去ってしまった。然し一時はどうなる事かと思ふた。

○七四〇、發八根司令官、宛第二文丸。RO哨戒部隊指揮官。

第二文丸ハ二十三日、白鷹RO入港後便宜、RO發RRニ帰投、修理スベシ。

十一月廿三日（月）　新嘗祭　カビエン出港

○七〇五、搖拝式擧行。

○八〇〇、出港。ラボールに向ふ。速力が出ぬので時間のかゝる事甚だし。

五特根よりの通達を見て驚いた。それは同期生、小島常世軍医中尉の訃報だ。軍医学校時代は同じ班ではなかったので顔も知らなかったが、同じ四艦隊司令部附となり、而も且、私と彼は第五特別根據地隊司令部附となって六月廿日、東京駅を発つ折から八月二日、サイパンを離るゝまで全く行動を共にし、醫務隊長とし活躍中不幸、自動車事故の為め死亡。即日海軍々醫大尉となり正七位となる。聖恩の辱けなさ。以て冥すべし。考へるに小島大尉の死、嘘の様でならぬ。

＊新嘗祭……天皇が新穀を天神地祇に供え、自らもそれを食する祭儀。昭和二十三年から「勤労感謝の日」となった。「にいなめさい」とも言う。

＊聖恩……天子の恵み。

十一月廿四日（火）　ラボール

○九〇〇、廿五日振りでラボールに入港。相変らず湾内にはソロモン方面の作戰を物語るが如く、数十隻の商船は湾内狭しと浮ぶ。駆逐艦も十隻程偉容を並べてゐた。ラボールは一大軍港だ。魚雷を喰って曳航された商船も沈みかけてゐるのが二、三隻。痛々しい駆逐艦も数杯居る。第三次ソロモン海戰の激戦を物語る。

艇長、本艇の修理に関し、八根司令部と打合せるもうまくゆかず、八海丸（工作船）に依頼せるも八海丸は修理船多くて、とても本艇どころではないと。機関長、工作部に願い出、明后日、工作部長ら来艇、破損状況を見る由。

ラボールに来ると、我家でも落着いた様に何となくほっとする。あたりの美しい景色の為めもあろう。カビエンとは全く異って暑苦しいが天候は悪くない。

本日、俸給一五五円参拾一銭頂戴す。現在の自分の金と合せて次の通り目論んだ。

金百円、家へ。金八拾円、水交社軍貨代。金参拾円、佐原へ。金弐拾円、浦野へ。金五拾円也、貯金と送金とする事。早速明日手続きを取ろう。夕刻、郵便物と共に又々慰問袋が届いた。嬉し限り。正治よりの新聞、母及妹よりの優しい便りには思はず落涙。

親友、信楽、植竹軍医少尉よりも懐しい満州の便りあり。山門春子さんよりも寫眞とうれしい便り。私達の戰線で一番楽しく、嬉しいのはこんな時だろうか。慰問袋は早速我が室で開封。傑作の綱には弟の心づかひが思はる。出た〱雑誌、玩具、汗知らずが一つ、すっかりこはれて中味がなく、折角のものがこれではひどい。隣室の機関長も慰問袋を開けてゐる。二人で、こんなものがあった、あれがあったと、全く慰問袋は中味の如何よりも開ける時の楽しさ、この味。貰った人でなければ分るまい。機関長も八字髯をうれしそうにまげて開けてゐる。

兵達も楽しそうに夫々の便りに喰入ってゐる。郵便物のあったときは艇内はひっそりとしてゐる。誰か故郷を想はざらん。

父よ、母よ、わが弟よ、妹よ、この喜びを想像して下さい。

一八三〇、巡検終って夕涼みに甲板に出た。晝かとまごふ恍々たる月夜、うっとりと眺めた。吾家の姿、肉親の顔がはっきりと浮ぶ、映る。今日はとても明るい浮きくした日だった。仲々寝付かれない。

發外南洋部隊指揮官。外南洋部隊ノ兵力部署ハ左ノ通リナリ。

区分	指揮官	兵力	主要任務
一、主隊	直率	鳥海、望月	全作戰支援
二、支援部隊	7S司令官	7S（熊野欠）摩耶	RX方面作戰支援
三、増援部隊	2sd司令官	31dg、15dg（早潮欠）24dg（風雲欠）	RX方面ニ對スル輸送作戰
四、R方面航空隊	11sf司令官	11sf８０２空水戰隊、千歳飛行機隊 讃岐丸、山陽丸、國川丸、天霧 36号、38号哨戒艇	
五、RX方面防備部隊	1Bg司令官		
	RA（ニューギニア東部）		
六、RA方面護衛隊	18s司令官	18s（龍田欠）、8dg（満潮欠） 10dg（秋風欠）、春雨、白露、 磯波、電、早潮	RA方面ニ對スル輸送作戰
七、RA方面防備部隊	7Bg司令官	7Bg（23、32駆潜隊欠）、八十二警 横五特、佐五特	
八、R方面防備部隊	8Bg司令官		

九、附属　　五十鈴、龍田、海風、卯月、満潮、第八聯合特陸、第八気象隊

十一月廿五日（水）　ラボール

午前七時、半舷上陸員と共に上陸散歩す。上陸しても別に行く宛もないが、狭い艇内で半日暮らすよりも、大地を踏んで大気を吸ふは躯の為に良いと思ふて支那人街に出掛けた。陸軍の大部隊が来てゐると見えて、支那人街の軍用倉庫には軍用品の荷物が道路まではみ出して山の如く積まれてゐる。

第八軍需部に坂本機関長、第八潜水艦基地隊に比留間中尉を訪問、懇談す。

午后、送金の手続を済ます。早く届いてくれる様に。夕食前、向島の石橋和子嬢より珍らしく便りあり。嬉しく拝見。又大井醫院の陽子ちゃんよりも女学生らしい可愛い手紙を受取り、なつかしき。夕食事、機関長よりビールの御馳走になって大分酩酊、痛快となる。機関長が私に嫁を世話し度いと大騒ぎ。「まだ早いですよ」と辞せば、早い〳〵と言ふては仲々良いのがありませんよ、今の内決めたらどうです、と押され気味。「なあに、もう決まったのがあるんですよ」と逃げたり逃げたり。

主計科より、来月初旬ボーナスありと嬉しい通報あり。なんでも私は扶養家族がない故、二十二割位とか。

○六三〇頃、ラボール東飛行場を飛びたった艦上攻撃機一機、エンジンでも悪かったか、やっと飛び上ったかと思ひきや、本艇の向ふ一〇〇〇米位に墜落、搭乗員三名救助されたるも機は海底に没す。惜しいかな。

十一月廿六日（木）　ラボール

○七○○、第一桟橋横着け、罐腐食部の應急修理にかゝる。横着けしたのでは暑くてかなはん。今日より毎日、午前午后1／4上陸許可さる。私は第八海軍病院に艇長のレントゲン像を見乍ら千阪中尉を訪ぬ。

○九○○頃、空襲警報發令。なれど敵機を認めず。最近は空襲警報だけで敵姿を現はぬと。陸上が近いので蚊の居ること甚しい。それに發電機も停止して電燈がつかぬので我室は眞暗、後甲板で夕涼みをやれば蚊に喰はれるでは矢り切れぬ。巡検後、電信室にて武山軍属及市丸上機長と痛飲、愉快なりき。暑さが烈しく仲々寝着かれず。此の頃は月の出が遅くなる。二二○○だろう。晝とまごふ照り渡る。故郷の父母もこの月影を浴びてゐる事ならん。正治よりの手紙、新聞届いたり。

十一月廿七日（金）　ラボール

今日は一日全く風もなく、暑さは気持悪くなる程夥しい。何する勇気もなし。

一四○○頃、第八工作部長来艇。罐の破損状況を視察。取敢ず破損せる三本の蒸気管丈けを直すと言う事になった。之れではドックに帰れそうもなし。

十一月廿八日（土）　ラボール

午前、山本部隊病室に鶴田軍醫少尉訪問。先般の第三次ソロモン海戰で比叡も沈没してしまったそうだ。

夕方一七三○より、陸上八十一警備隊にて映画あり。見物に出掛けた。

日本ニュース126、128号と松竹の古い映画「彼女は何を覚えたか」「次郎長一家」と言ふのをやった。兵隊も映画に飢えてゐるせいか、大変な人で賑だった。

一九〇〇、ラヂオのニュースは大本営發表として、先の第三次ソロモン海戰の戰果の追加が傳へらる。即、戰艦二撃沈、巡洋艦三撃沈なりと。

十一月廿九日（日）ラボール

隣に停泊中の第五日鮮丸で、船員が朝っぱらから二人で他人の迷惑をも考へず喧嘩口論をやってゐた。喧嘩のもとが、その一人が舷側より小便をしたとかしないとか言ふのだからあきれたものだ。いい年をして赤道の南で口論やってゐるなど、大馬鹿者とはこの二人の事だろう。

午后、市丸上機長と植物園内散歩上陸す。支那人街フルーツパーラーで兵員達十人ばかりと、紅茶とバナナで仲良く歓談す。夕刻、「人の和」と言ふ事について兵員達に一場の訓辞を試みた。他人に訓示を言ふ程の自分でもないが、良い事をしたと後で思はれたり。

十一月卅日（月）ラボール

當方面増援に送られたのであろう、沢山の下士官、兵が続々と桟橋に居る。

午前、陸上第八海軍病院治療品倉庫で高宮大尉と逢ふ。午后、八根會議室に開催の小田島（大佐）醫務局第二課長を圍んで、聯合医會あり。之に出席。同期生滝川、相葉、比留間、盛、竹内、傳法各中尉及佛坂少尉に逢ふた。

一七〇〇から山の上の第一常碧荘で懇親會あり。慰安婦の給仕で痛飲、愉快なり。帰艇したのは二一三〇頃だったろうか。夕刻、大場寿美、岡野先生、艶子より便りを受取る。

十二月一日（火）ラボール

愈々、二六〇二年最后の月、思へば月日の早い事。昨年の今頃は卒業試験で鳩々としてゐた頃だった。

一日暑いのでボーと過してしまった。相田及町山先輩より便りあり。

十二月二日（水）ラボール

月頭書類の作製に午前中費す。一日室内にもぐって仕事をすると暑さの為めに体がぐったりと疲れる。午后は疲れを醫さんと後甲板で午睡を取る。夕刻、金子千寿子、林保造氏より便りあり。更に生れて初めてのボーナスを頂戴せり。大枚百四十一円参十一銭也。嬉しい事限りなし。私は独身で扶養家族がないものだから、これで大分少ない方だ。入浴后、斎藤兵長より西瓜を御馳走になったり。

十二月三日（木）ラボール

本艇掌砲長、加々美兵曹長の特別考課表を作製。午前一寸、山本部隊（五八二室）病室に鶴田少尉を訪ねる。

午前、空襲警報あれど敵姿認めず。午后、鶴田少尉と盛中尉と山本部隊病舎にて逢ふ。盛中尉は最近マカッサルから航空隊附でこのラボールに来た。マカッサルの美味しい煙草を貰ふ。敵産のスバラシイ自動車に乗込んで三人でドライブ気取。ラボール湾口をぐっと廻って西行、図南道路を約一時半疾走せり。ラボールの港を一望の内に俯瞰。風光絶佳、申分なし。土人の市場から果物を少しばかり仕入れた。帰艇せるは一五三〇頃なり。

夕五時半より鶴田少尉の二空で映画あると言ふので艇長を誘ふて見物す。途中、空襲警報發令。急遽帰艇せるも敵影を認めず。

本日の一九〇〇のニュースで又々次の戰果の發表あり。

去る三十日夜、ガダルカナル島ルンガ沖夜戰に於て、我水雷戰隊は敵艦隊に遭遇、得意の夜襲を以て次の戰果を収めた。

敵戰艦一、撃沈。巡一、轟沈。一、大破。駆二、撃沈。一、大破。

我ノ損害　駆一、沈没。（註ルンガ沖夜戰）

右ルンガ沖夜戰の模様を某氏よりきくに、我が陸軍兵及糧食弾薬等を満載せる我が水雷戰隊八隻は、ルンガ揚陸の為めツラギ海峡に入るや敵船團と邂逅せり。敵は戰艦一、巡四、駆十二を以てする大艦隊で、彼等も矢張り兵站物資を揚陸せんとするものらしい。陽が明るくては我の不利と、我水雷戰隊は一時避退。夜に入るやこの大敵に猛烈果敢なる夜襲を挑む。敵戰艦目がけて魚雷二十数發、直に敵戰艦を射止む。我水雷戰隊のあの大戰果をあげたれど揚陸せず引返す。

我が陸軍兵は思はぬ我海軍の夜戰を見たわけだ。我駆逐艦一は大破せる後、沈没せりと。

十二月四日（金）　ラボール

〇五三〇、二十号掃海艇、本艇に横付け、修理す。午前、二空にて鶴田少尉に逢ひ、煙草を買って貰ふ。

午后八軍需部に阪本機関長を訪ぬ。更に道傍で偶然にも軍医学校時代、九班に居た前田少尉に逢ふ。彼は現在、三十四駆逐隊附で羽風に乗組中とか。矢張り八月初旬来、ラボール方面に来てゐると。なつかしく懇談。

斉藤兵長と支那人街を歩き、南貿売店及フルーツパーラーに立寄る。

隣りに船が横着けしてゐるので夜の蒸し暑い事、今夜はゆっくり寝られそうもなし。

十二月五日（土）
午前、空襲警報鳴り渡る。隣りに横付けの二〇号掃海艇、一斉に砲口を大空に向けて待ちかまへたが敵機現はれず。
午后、八十一警備隊に映画あり。艇長、二〇号掃海艇長と共に見物。東宝映画ハモニカ小僧と漫画に、性病予防映画だった。

十二月六日（日）

鑵の修理漸く終り、今夜からは發電機が廻る。今晩からは涼しく寝れるだろう。

二〇号掃海艇は横附けを離したら、今度は第三日鮮丸横付けす。

〇八二〇、新八根司令官徳永少将の巡視あり。第二種軍装に威儀を正して迎へ、少将に伺候す。

今日も航空隊に映画あるよし。

巡視中に空襲警報ありたるも事なし。軍需部の阪本兵曹長より珍らしくも「櫻」を買ふて戴いた。岡部泰三少尉に便りを出す。

十二月七日（月）

午前、潜水夫が潜ってスクリューの修理を行ふも大した効果なし。スクリューの修理は他日やる事として、明日一四〇〇、燃料補給の上、カビエンに向け出港の予定となる。

午前、八十一警備隊分隊長（西砲台長）である野瀬中尉に逢ふ。

「敵ハ大東亜戰争一周年ヲ期シ、我ニ攻撃ノ算大ナリ。各位警戒ヲ嚴ニセヨ」と警告信号、八根司令部より来る。

愈々、又明日ラボールを別れるわけだが、今度入港するのは何時のことや。新型双發の飛行機十数機、上空を飛び廻ってゐる。


十二月八日（火）　大東亜戰争一周年記念日

午前、敵ボーイング一機、悠々ラボール上空に飛来、我が防空彈幕の中を偵察、逃げ去る。

一四〇〇、横着けを離し、燃料、水を補給して一六三〇、一路カビエンへ。今度ラボールに歸るのは何時の事やら。

五戰隊、那智、妙高、羽黒入港してゐたが、彼等も一七〇〇、出港。カビエン泊地へ向ふ。湾口に出ると驅逐艦隊に出會ふ。今朝、陸兵を満載してブナ方面へ向ふたものらしい。敵機に發見、猛爆を受けたので、終に再起を期して戻ったのであろう。

静かな航海ではあるが、推進機の厭な音が体をゆする。大東亜戰一周年記念日も平々凡々と暮れた。

十二月九日（水）

一一〇〇、カビエン無事入港。二、三日前、夜敵機の空爆に依り、カビエンの陸上にあった慰安所三戸はすっかり跡形もなく破壊され、七名の死者と数名の死傷者を出したと。なにしろ、ダイナマイトの倉庫に爆弾命中したので、慰安所が吹飛んだそうだ。十三噸ものダイナマイトが一度に爆發すればたまらぬ。大きな池が出来たと。

白鷹は本艇が来るので早速一三〇〇頃、ラボールに向け出港した。図南丸も居らぬのでのんびりである。

十二月十日（木）

〇九三〇頃、三関艇長と池田軍医少尉来艇。内の艇長と四人で附近の島へ水浴びに出掛けた。内地の海では見ることの出来ぬ綺麗な珊瑚の砂浜。白砂青松とはこの島のことを言ふのであろう。四人裸になって砂浜に腹這ひ、打来る波を浴びるとき、誰が戦争を思ふか。すべてを忘れて水にひたった。

海軍新鋭爆撃機が海面スレ〳〵に飛んでゐる。昨夜は味方中攻が飛んで照明弾落下と探照燈の演習をやってゐた。暗黒の夜空に数條の光芒、見事だ。

一二〇〇、出港、哨戒。一七〇〇、艦隊泊地にて假泊。巡洋艦鈴谷、摩耶の近くで警泊す。此処はブカ島泊地の様に静かな処だ。

十二月十一日（金）

〇五三〇、出港、北上。本日午前、日春丸（前十五掃海隊司令、現在監督官トシテ乗組）ROに入港するのを護衛、先導す。

一〇三〇、入港、投錨。午后三関に行き、池田軍醫少尉に逢ふ。パイナップルの黄金色になったものを頂戴。三関丸は日春丸に横付け、水、油の補給に行くので同行。日春丸で入浴、一五〇〇〇、帰艇。スコール烈しく到る。

十二月十二日（土）

土人のカヌーが一杯パパイヤ、パイナップルを売りに来た。久し振りで食べる、カビエンのパインの味、美味志い。土人の一人が三尺余のトカゲを一匹持参。生きてゐる。気持悪い事甚だしい。煙草十個やってそのトカゲの皮をむかせた。自分もそれを料理して塩漬けにして内地の土産にする。

一三〇〇、出港。畿内丸がRRに向け、ROを一六〇〇、出港するので、ステッフェン水道南口の對潜掃蕩を実施。一七〇〇、艦隊泊地に假泊す。明日〇五〇〇、出港予定。

月が出始めて夜闇に三ケ月の灯一つ。

十二月十三日（日）

〇五〇〇、出港。カビエン港北口の對潜掃蕩を続行。一〇〇〇、第三関丸と交代す。午后、陸上に便あり。マラリアらしい患者一名を連れて上陸す。警備隊病舎で藤原軍医中尉に面會。検血の結果、マラリア原虫（±）なり。同中尉と警備隊士官室で種々懇談。サントリーウイスキーの御馳走になって帰艇。明朝、八〇〇〇、出港、哨戒を続行しつゝ、一四〇〇、出港の日春丸を送る予定。

（一）發ガダルカナル守隊隊長
敵輸送船五、駆九ツラギニ向ヒルンガ發。

（二）發十駆司令　我RAFニ向フ途次、敵機B―一七二機、高度三〇〇〇ニ以テ接触ヲ受ク。
敵機ハ盛ニ敵基地ニ無電ヲ發ス。我ヲ迎ヘ打タントスル算大ナリ。

（三）八根司令官　白鷹ハ十三日早朝、輸送船三ツ赤道上マデ送リタル后、ROニ帰投セヨ。

十二月十四日（月）

今日は元禄十五年、四十七士の忠臣義士の討入の日だ。吉良討入乱入の模様、揚々と両国橋から引揚げる四十七士の面々、想像される。私は四十七士は大好きである。

○八○○、出港。北口の哨戒を行ふ。七戰隊が北方から又帰って来た。一○三○、爆雷投射演習を行ふ。実彈一發「發投用意！」「發射用意宜シイ！」。傳令の声が緊張裡に聞える。投射！　一瞬、爆雷は後甲板の外舷からボッチャンと落下された。沈黙の一秒一秒、静寂の一期間、約三十秒だった。ヅシーンと天地をゆすぶる炸裂音。自分の顔にまでハット爆風の如き衝動を感ず。破裂した海面が水色に色がそこだけ変ってゐる。あれでこそ潜水艦もたまらぬわけだ。

一一○○、南口に転じ、ステッフェン水道を抜けて哨戒続行。白春丸を一六○○頃送って艦隊泊地に假泊したのは一七○○だったろう。「鈴谷」らしいものから「タレタレ」の發燈信号が本艇に向って点滅してゐる。

十二月十五日（火）

十二月も今日で終に半ばとなった。○五○○、出港。○八○○、カビエン港假泊。三関丸と共に晝間碇泊せるも、本艇一五○○、出港。七戰隊泊地に転錨す。

陸上民生部より大根、ナス、南瓜、玉蜀黍等の野菜物が手に入る。

第三関丸は明后十七日ラボールに帰る予定だ。

一九○○、ラヂオニュースは次の陸海軍發表を報ず。

（1）帝国海軍航空部隊ハ十一月廿四日―十二月八日マデニ、ニューギニア北東ブナ附近ニ於テ、敵機四十四機ヲ撃墜セリ。我ガ方ノ未帰還、自爆九機。

（2）ビルマ反攻ヲ企図(キト)セシ英国軍満載ノ大輸送船團(センダン)ガ、印度某(インドボウ)港ニ入港、上陸セントスルヲ發見セル陸軍航空部隊ハ、之(コレ)ニ戰爆連合ノ大編隊デ猛爆ヲ加ヘ、次ノ戰果ヲ揚(ア)グ。撃沈破艦船、二十二隻（内撃沈七）。飛行機、撃墜十。敵軍事施設ニ大損害ヲ與(アタ)フ。

我ガ方、未帰還機二。

一、發(ハッ)白鷹艦長、一一一五、予定地点ニ達シ護衛ヲ止(ヤ)メROニ向フ。同地点ニテ病院船アメリカ丸ノ南下スルヲ認ム。

二、發ガダルカナル守備隊長、敵軽巡一、ツラギニ向ケ、輸、駆、軽巡各一、東方ニ向ケ出港セリ。

三、發ガダルカナル守隊長、宛(アテ)八F参謀長、十一AF参謀長(サンボウチョウ)、六F参謀長。

十二月八日ヨリ十四日マデノ敵潜、

（イ）入港セル敵輸送船ノ延数四一隻、早朝入港、荷役シ、ツラギニ避泊(ヒハク)。三日后、東方ニ出港ス。

（ロ）大体右輸送船ノ護衛ハ、駆五六隻、駆潜艇二ナリ。

（ハ）十二日、軽巡一、右護衛ニ協力シツツアリ。

（ニ）十四日、カミンボ沖ニ駆三現ハレタルモ、我之(ワレコレ)ヲ砲撃セシカバ其后(ソノゴ)現ハレズ。

（ホ）一日平均、飛行機ノ發着(ハッチャク)陸延数(リクノベスウ)五〇、最大九一。陸地攻撃、稍衰(ヤヤオトロ)フ。

十二月十六日（水）

〇五〇〇、出港。南口の對潜掃蕩(たいせんそうとう)を実施。二十四号駆潜艇の護衛をする。山西丸、榛名丸(はるなまる)を迎へて一〇三〇、カビエン入港、警泊す。今朝、艦隊泊地に重油船一と駆逐艦二入港せり。蒸し暑い一日は事なく過ぎた。

十二月十七日（木）

早朝、眼が覚めて後甲板に出ると、分隊士が、軍医長、小包が来てゐます、と言はれて、見れば、祖父よりせんべい、砂糖豆の包みだ。大分包装が痛んで中味が出てゐるが珍らしい。唯嬉しく食べた。

早朝入港の白鷹が持参したものらしい。弟正治、高橋智、石川の各氏よりも便りあり。

一一〇〇頃、第三関丸はラボールに向け出港。本艇一二〇〇、哨戒に就く。相変らず潜水艦状報は頻に入る。

十二月十八日（金）

〇五〇〇、出港。一二〇〇まで哨戒。うねり高し。雲多い、涼しい航海だった。内田百間著『菊の雨』を読む。随筆集である。

一二〇〇、山西丸に横着け、清水を補給す。

一、發白鷹艦長

第二文丸ハ、明十九日出港ノ山西丸ヲ赤道上東経一五〇度迄護衛、帰途ムッサウ島偵察ノ上、ＲＯニ帰投スベシ。

一、護国丸、敵機ノ攻撃ヲ受クルモ被害ナシ。

一、神川丸基地隊

敵機ロックヒード型一機、我基地ニ侵入、我之ヲ攻撃。東方一〇〇〇米海上ニ之ヲ撃墜セリ。我方被害ナシ。

十二月十九日（土）

一二〇〇、出港。RO哨戒部隊指揮官命令に依り、山西丸を赤道上まで送る為め一路北上す。うねりあれど南方らしい静かな空と共に静かな航海である。山西丸は稍本艇より速度早く、の字運動をやりつゝ進む。護国丸は遂に敵爆弾命中。前部に當って小火災を起せりと。敵は最近、盛にゲリラ戦に出て敵潜水艦の出没烈し。月恍々と冴渡り、誰か故郷を思はざる。

十二月二十日（日）

穏かな航海は続く。飛び魚が四方に飛んで行く。

〇七〇〇、赤道上に達す。赤道上と言ふても別に標識があるわけではない。地図の上での話だ。予定地点に達したので本艇は反転南下す。山西丸からは盛んに帽を振って別れの挨拶をしてゐる。本艇からも帽を振って反礼。

敵潜水艦の出没する中、而もどこを向いても果てしない青い海と空。その中をひとりぼっちになったのだ。「別れ」と言ふ感情がこゝにもこみあげてくる。唯々山西丸の無事なる航海を祈念するのみ。

一〇〇〇頃、遙かに南方にムッサウ島の島蔭が水平線に現はれた。航海術の發達した、而も優秀船に乗ってゐても、島蔭を見ると何か安心の気持になる。古の探検家、航海者の心が偲ばれる。

一、一九日、主力艦一、巡、輸送船各数隻ヲ以テスル敵有力艦隊、ニューギニア南方ニ現ハル。

最近、RXI方面ニ富ニ熾烈トナル敵航空部隊ノ活躍ト共ニ、敵ハ新ナル上陸作戦ヲ期スル算大ナルニ付、各部隊ハ嚴重警戒セヨ。

一、十八戰隊ノ護衛スル護国丸、愛国丸、ブナニ於テ強行荷役開始、大半揚陸セルモ敵機ノ来襲ト、護国丸ノ被害ノ為メ、一部荷役不能。
天龍収容人員、艦長以下三二六、戰死一九。

一、PPヨリ来ル陸軍大船團（八隻）……若鷹護衛……之ニ赤道上ニ迎ヘントスル三十二駆、潜隊已ニ東一四八度、南一、五度ニ達ス。

一六〇〇、ムッサウ島南西部の某島に到着、投錨。早速、艦長等と共に陸上に上陸。土人の案内でパパイヤ狩り。日の没するまで陸上散歩せり。航海中の如くうねり高く、艇は横に搖れる。太公望達が月光を浴びて盛に魚釣りに熱中してゐる。

十二月廿一日（月）

　早朝より土人達がカヌーで押寄せる。ステテコをやったら鶏卵をくれた。パパイヤを沢山貰ふて

○六〇〇、転錨の為出港せり。

○七〇〇、東岸の上陸所附近より陸上に上る。大きなカヌーに土人が十七人も乗って艇にやってくる。艇長と共に土人達を引連れて散歩。彼等は一寸無気味だが従順だ。土人達にパパイヤを取らせ乍ら道路を抜けて部落の中に到る。カナカの女共は恐れて家の中にとぢこもってゐる。五〇位の土人の男、象皮病か。睾丸が人頭大に大きくなって、而も傑作なのは陰茎の先に貝をはめて能々と歩いて来る。土人達は珍客が来たとて大喜びで盛に奇聲を發して喜んでゐる。

パパイヤ、椰子の實、椰子の葉で造ったゴザ。艇内には所狭しと一杯になった。往復二里ばかり

暑い中を漁歩てしまふた。土人達の歓待の中に楽しい一日を過したり。

一八〇〇、RO帰投の為一路南下す。月光、十四夜の光を浴びて夜航海は続く。

發島田参謀、宛ガ号作戰部長。

一九日、捕虜（艦爆搭乗少尉）ノ訪問情報。

十二月十五日現在、ガダルカナル島兵力、挟撃隊約三万。飛行機B—17、一〇—一五機。エアーコブラ一〇機。F四F五〇型一〇機。其他ロッキード一〇—一五機。其他、戰四機、艦爆数機。

現在、ガダルカナル島ニハ旧飛行場合セテ三アリ。ルンガ河西、東ニアリ。而シテ飛行場附近ニハ高角砲四〇—五〇アリ。

一般ニ士気衰へ、将ニ艦爆搭乗員ノ不足、粗走ヲ来シ、一日一回位上空飛行スル。

＊象皮病……皮膚が象の皮のように厚くなり、肥大する病気。住血吸虫の寄生による。

十二月廿二日（火）

〇五〇〇、入港。〇九〇〇頃、陸上に上陸。十二設営隊病舎を訪れ、軍医長藤原中尉に面會。更にカビエン南貿売店出張所にて、シャツ一を求めた。更に兵と共に民生部農園に遊んで一二〇〇頃帰艇。晝食は昨日、島民より貰ふた鶏のスープ、美味しかった。

第二文丸ハ明二十三日一二〇〇、RO發トラック行ノ豊光丸ヲ三〇浬護衛スベシ。發白鷹艦長。

何か気分の良い一日だった。暑さは身に沁む。陸上を散歩せし為か、しばらく内地より雑誌が来ぬがさびしい。

發八根司令官。最近暫ク敵機ノ空襲、ラボール方面ニ見エザリシニ昨日、B—17型機、ラボール上空ニ侵入。港内船舶、港湾施設ニ偵察、詳細ナル報告ヲＲＺＱニ送ル。今后ノ空襲ニ嚴ニ警戒セヨ。

今日は内地は冬至でユズ湯、さぞ空しい事だろうが、當地方は全く逆である。一日中パパイヤの食続けである。

（1）愛國丸、被害左ノ如シ。

戰死一一、重傷二一、軽傷三八。第八工作部（山彦丸）ニヨリ應急修理。約二十日。但、爆雷投与、航海ニハ差支ヘナシ。

（2）富士山丸ハ速ニＲＸＥニ回航、重油ヲ東亜丸ニ移載。ＲＲ發應急修理ノ為メ横浜ニ回航修理スベシ。

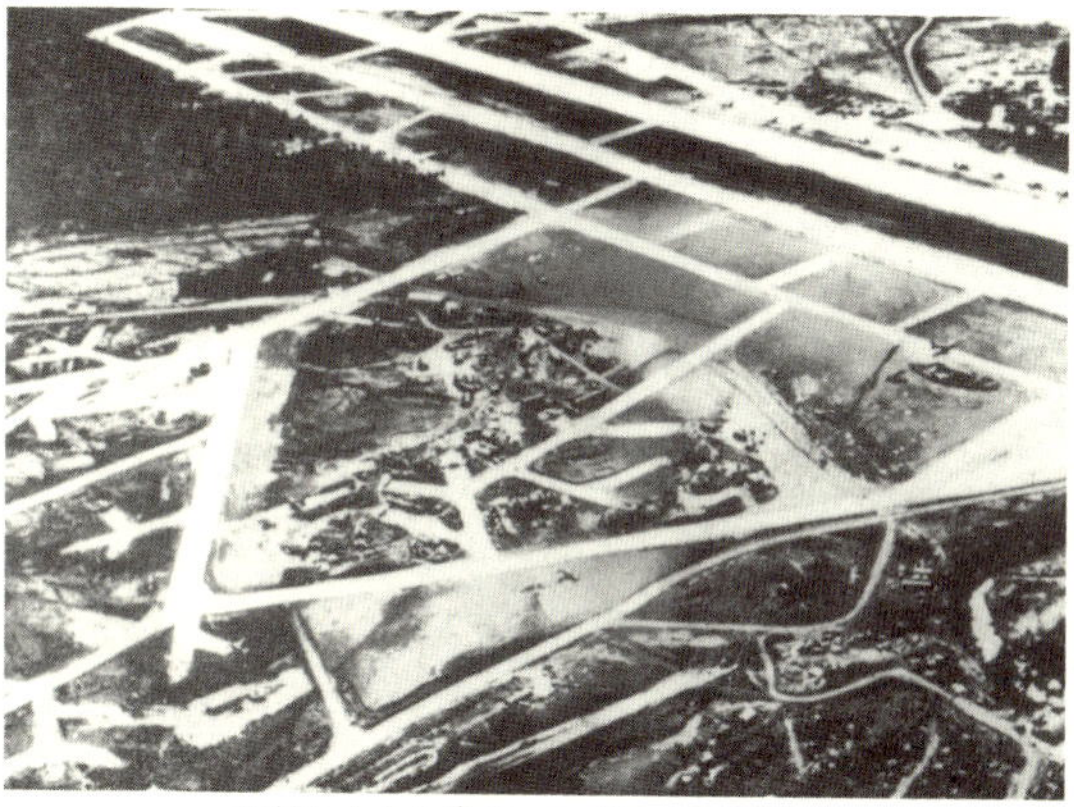

ガダルカナル島のヘンダーソン飛行場

十二月廿三日（水）

一〇〇〇頃、珍らしくもの敵機一、上空に飛来、偵察す。高度高く我が防空砲火も戰斗機も間に合ひそうもなし。

土人が大きな蟹や海老、それに六尺位のワニを一尾持参す。この附近のマングローブの繁みの下に居たのを捕えたらしい。死んではゐないが、直接見たのは生来初めてだ。矢張り口はものすごい。兵が煙草三十個程与へて求めて、土人に皮をはがさせた。ハンドバックが出来そうだ。

一二〇〇、出港。豊光丸（食糧船）を護衛、北上す。豊光丸は途中トラックに寄港、横須賀に帰る由。一六〇〇、ニューハノバー島東寄りで護衛を中止す。豊光丸乗員総出で別れの手を振ってゐる。内地へ帰れるので嬉しい事だろう。カビエンで怪我志た慰安婦が乗ってゐると見えて「サヨーナラ〳〵」と黄色い声を与へる。我等も総員手を振って之に應へた。

發豊光丸、宛第二文丸。

御厚情ヲ感謝ス。貴艇ノ御健斗、御健在ヲ祈ル。

内地の事ども思はる、。内地へ帰る人。それを見送る人。差は大きいとはこの事か。

一七〇〇、附近の島蔭に投錨。盥の様に大きい眞円い月が東の空を明るくしてゐる。

發島田参謀長、宛ガ号作戰部隊。

本日一一一五、敵B—17二、戦斗機三来襲セリ。

十二月廿四日（木）

〇五〇〇、抜錨。カビエンに向け出港。一〇〇〇、カビエン着。投錨、假泊せり。

十二月廿五日（金）　大正天皇祭

大正天皇祭の休日と言ふので、我々も一日艇内で休業す。兵員室でレコードをかけてなごやかな気分をかもし出す。正月も近附いたので餅をつかねばならぬと、兵達がキネを作った。早速、艇で餅つきの試演。オスタップが臼の代用では一寸餅にならず。ボタ餅が出来てしまふた。この試演はどうやら失敗せるものの如し。

〇七三〇、白鷹入港。〇八一五、第三関丸入港。なつかしき弟妹より便りあり。新聞、雑誌が沢山届いた。高橋君よりも映画雑誌到着。嬉しかりき。

一〇〇〇、病院船高砂丸入港。午后、高砂丸に石井軍医中尉（同期）を訪ね、軍医学校以来初めて會ひ、種々懇談せり。虎屋の羊羹その他菓子類を求む。病院船の中の立派なのには驚き入る。せめて現役中一度は乗って見度い。

一五三〇、メーウェー泊地（艦隊泊地）に転錨す。

十二月廿六日（土）

〇九〇〇頃、敵ボーイング一機、上空に飛来、偵察す。

〇五〇〇、出港。途中、引き釣りをやってゐたら、鰹が二匹同時にかゝったが、艇は高速で走ってゐるものだから逆に逃がす。

機関長、「とうとう晝の刺身を喰いそこねたわい」と残念がること。鰹の群が数ヶ所見える。

〇七一五頃、カビエンの何時もの泊地に投錨す。午后半舷上陸員と共に上陸。守備隊軍医長及藤原中尉、辰沼中尉等と逢ふ。

十二月廿七日（日）
一日警泊の儘。休業日課でレコードをやったり、慰問袋の玩具を戯んで無為の一日を送った。夕映が空一杯、眞赤に彩られてゐる。

十二月廿八日（月）
朝来、雲多く涼しい。晝より終に雨となった。今日も出港せず一日ぼんやりと日を送る。正月が日一日と迫るのに何の思ひもない。唯歳が一つ増えるのかと思ふと厭である。段々年よりになるのか。昨夜二一〇〇、寝に就いた途端、當番兵が「空襲」と起しに来た。急遽、後甲板に出て見たが、爆音らしきもの聞えず。唯、今しがた出たばかりの月が気味悪気にどんより光ってゐる。

あきらめて又寝に入る。うつら〳〵してゐた時、さて十時半頃であったろうか。

パン〳〵、ヅシーン〳〵〳〵と異様な音が私の室の舷窓から入る。さては敵機が侵入して投弾したな。大分艇の近くに落ちたらしい響だ。すぐ寝巻姿の儘、甲板に出れば相當低空であろう、ブーン〳〵と飛行機の音が耳に入る。地上の探照燈はこれこそ捕へねばと、盛んにあの光芒を月夜の空に、獲物を求めて動かしてゐるが仲々つかまらぬ。本艇の上空に来た。左に廻施、陸上に行った。彼は爆撃コースに這入ったらしい。高度大分低い。探照燈は一生懸命になって探す。

あ、、這入った。丁度、民生部農園の上空あたりだ。双發の飛行艇の様なもの一機、猛烈な勢で投彈。我が防空砲火は花火の様に上るけれど低空の為か、残念乍ら當らず。敵は効果を見届けんとする為か、更に爆撃せんとするのか。本艇上空、更に海上と、肉眼でも見える高度で飛び廻ること一時間位。「シャクに障る」とはこの事だ。

探照燈は盛に活躍するも入らず、されど十一時半頃、遂に何処かに去る。後の話によると、陸上には全然被害なき由。然し、自分の上空を飛んでゐる間は誠に薄気味が悪い。

十二月廿九日（火）

重油、水不足せる結果、當分出港せず。涼しい一日も何の事もなくぼんやりと過ぎた。一日でも生きればそれに越した事はない。半日、年賀状を書いて暮らしてしまった。夕刻、兵と共に慰問袋で貰ふた「防空ゲーム」なるものをやって子供の様に遊ぶ。

陸上では探照燈が盛んに演習をやってゐる。

十二月卅日（水）

一日一日と正月がせばまる。生れて初めて戰線で迎ふる正月。新なる感慨あり。

○七三〇、出港。カビエン南桟橋に横附け、十二設営隊より清水補給。同時に同桟橋に横付け荷役仲のガソリン船第二菱丸より重油の補給を受く。艇の方もこれで正月の万端準備が出来るわけだ。午后三時、横付けを離すと云ふので、兵員達をやって門松の笹と松、正月用の野菜類を陸上に取りにやる。

○九〇〇頃、空襲警報あるも敵姿なし。午后は附近の海岸で兵達十二、三名引率、水泳をやった。久し振りで泳いだので体の疲労多し。

一五一五、何つもの碇泊地に到る。門松も両本のマストの上と舷門に、更に機械室、艦橋等、賑かに建てられる。糯米もすっかり手入れして明日の糯つきを待つばかりである。鰹節、鰹等も手に入る。正月を迎へる準備、全く茲に成る。従って正月が来るぞと言ふ感じが出た。嬉しくも楽しくもあり。

夕食は士官室では忘年会張りにビールで宴を張った。夕食后、二人熱患者ありとの看護兵の知らせで診するに、一名は気管枝炎を起し、ラッセル音が左前胸部に聴ゆ。他の一名、三十九度一分あるも感冒らしく、大した著変なかりき。正月を迎へんとするに病人發生とは残念。軍医官としても二年越しの病人もちたくなし。早く治してやり度し。

明后日は一月一日と言ふに、今頃の東京の我家、父母弟妹はどんな日を送る事やら。幸多き昭和十八年の春を迎へ給へ。

遙かに祈る。

十二月卅一日（木）

今日で愈々昭和十八年、皇紀二六〇二年も最后の土壇場となった。皇國日本の多端な一年。顧れば日本の偉大なる変化には驚くばかりである。二年前の我々は今日の日本あるを誰が予想した事だろうか。沁々と自分の生甲斐を感ずるものである。
栄ゆる國にあへらく思へば〜〜と古人の詠める。全く今日のときと同じであろう。私も、私の一生の二十三歳は今日限りである。二十三歳は私には二度も来ないのである。今日の日課も越年準備である。大掃除、甲板洗方、整頓等万端清浄に。

南方第一線での正月は完全に迎へられんとす。
〇九〇〇頃、突如、ボーイング一機、悠々上空に深入。高度、割合低く、偵察して去る。潜水艦状報盛んに入る。北緯一〇度、東経一四八度辺で、我が輸送船一、雷撃命中の電報入る。セントジョージ岬沖にも敵潜出没せる由。午食后、兵員達にも風呂をわかして一年の戰塵を洗ひ落させた。二時頃から愈々、陸上から借りて来た臼とセイロで餅搗きが始まる。腕強きが沢山居るので忽ち仕事が運ぶ。残念乍ら糯米が悪いので良い餅が出来ない。

勝つ為へ　どんな苦労も　面白く

快調なキネの音。正月気分はそれだけで横溢する。私も一臼、キネを振上げて搗いた。私の家でも父や弟達が搗いた事だろう。

聯想は唯々、我が家に走るばかりだ。おそなへも仲々綺麗に出来上った。夕食は鏡餅とお志るこで舌鼓を打つ。忘年會をやろうと一升壜を出してゐて用意してゐた三時四十五分頃、第三関丸艇長より命令あり。オジャンになる。

即ち、直に出港。メーウェー泊地に行って七戰隊の警戒に當ることになったのだ。名残りの酒を後甲板士官室の机におそなへと共にかざって越年す。戰地では一夜かざりも何もなし。正月用として我々士官には酒保より酒二升、ビール一本の配給あり。夜は今にも雨でも来そうな暗雲閉ざし、涼しくも暗い夜。静かに昭和十七年の暮が経って行く。星の数も少しか見えぬ。

陸上では空襲を警戒してか、探照燈の光芒が夜空に一條立ってゐた。三関丸の池田軍醫少尉よりブナ、ガダルカナル方面の我が軍の悲壮なる模様を一寸耳にする。

ブナ方面警備隊指揮官發電報に依ると、去る二十六日、敵の反撃ものすごく、我方が死守する飛行場目がけて敵は戰車五、六台を先頭に三〇〇名位来襲。味方は食糧不足で疲弊せる兵は高角砲を平射で之を迎へ撃つも、遂に支へ来れず後退の止むなきに至りたると。各人肉彈を以て向ふも終に我に利あらず。皇國の隆昌を祈る。航空部隊、陸軍部隊の今迄の御協力を深謝す、の電報を發せりと。

何たる悲痛なりや。涙なくして之が聞かりょうか。

私も同じ一線でも、餅つきまでして正月を迎へ得るとは何たる幸福であろう。こうした悲壮な前線兵の苦労を内地の人々にも聞かしてやり度い。又、ルンガ沖夜戰に出撃せる（殊勲）を立てた巻波乗組の某准士官の話に依ると、自分はガダルカナル方面で夜ばかり行動するので、ガダルカナルの山形を知らずと。某日、ガダルカナル島某地に到るや陸上の兵達が、而も栄養不良となれる者共が青白いとろりとした顔で「船に乗せてくれ、ラボールに帰してくれ」と黒山になって哀願するそうな。何たる悲痛な。

実際、人の話に依ると、ガダルカナル島の我が軍は思ふ様に食糧も続かず、為に病人続出。椰子も喰ひ盡くし、ありとあらゆる食べ物は食いつぶされ、トカゲまで喰ふて継いでゐたそうだ。気の毒と言ふより外はないが悲しむべし。

彈丸に當って死ぬは本望なるも、飢えて死に度くはなし。必ずや、憎むべし敵米英、最后の止め刺すまでは断じて死せず。

敷島の　栄ゆる國に　生まれ来し
　あな尊しや　一とせのあと

＊敷島……崇神・欽明両天皇が都を置いた大和国磯城郡の地名。大和の異称。日本国の異称。
＊ひととせ……一年間のこと。

第五章――次室士官心得

これから紹介する「次室士官心得」は日記の冒頭に書かれていたものである。

初めは兄の創作かと思ったが、海軍の何も知らぬ学校を出立ての者が書ける内容ではないと気付き、その出自を知りたくなった。それに意味不明の海軍用語や、どうしても判読出来ない文字が知りたいと長いこと思い続けていた。海軍で作られたものなら必ず世のどこかにある筈（はず）だ。出版を決めてからは必ず探し出そうと思っていた。

執筆さなかのある日、東京・神保町の軍事専門の古書店に入った。そこで最初に手に取った本、それが以下に引用するものである。兄の遺した日記のものと殆（ほとん）ど変わらない文章が全文載っている。読めなかった文字も書いてある。これはしめたものだと思った。

次に、もう少し分かりやすく嚙み砕いて、しかも海軍用語の説明が入ったものはないかと二冊目を探すべく後の棚に目をやった。そこで一番目に手に取った本、それはまさに求めていた通りのものだった。

なんたる偶然なのか！

実は、この手の本を探しにこの店を訪れたのは三回目であった。だが、過去二回は収穫なしで諦めかけていたのである。

私はこの偶然の「巡り合わせ」に驚くと共に、長いこと探していた本が手に入った喜びに小躍りしたい気分になった。思わず店主に礼を言ってしまった。店主は、良かったですねぇ、とニッコリしてくれた。私は、欲しかったおもちゃを手に入れた子供のような満足感と、私とこの二冊の本とを引き合わせたのは兄なのかという複雑な思いの中で帰宅したものである。

さて、『海軍人造り教育』（実松譲著――光人社刊）によると次のような説明がある。

「……昭和十四年五月、練習艦隊司令部は、近く乗艦する候補生に配布するため、『次室士官心得』という冊子を印刷した。この心得は、それまでの練習艦隊における歴代の司令官、艦長及び指導官などの候補生に対する訓示・メモなどを集大成したものらしい。

次室士官とは、別の名を初級士官またはガンルーム士官という。ガンルームはワードルームに次ぐ士官室、つまり士官次室であり、この室に属する者が次室士官、または初級士官である。――中略――実務練習のため連合艦隊の艦船に配乗された後、初級士官としていかにあるべきかを第一から第七に区分し、微に入り細にわたり懇切丁寧に教示している」

現代の指導者――政治家、組織幹部への戒（いまし）めとして今でも有用であると思う。失われつつある人間秩序の回復の為にも……。

次室士官心得

第一　艦内生活一般心得

一、初級士官ハ一艦軍規風紀ノ根元、士気元気ノ源泉タル事ヲ自覚シ、青年ノ特徴元気ト熱、純心サヲ忘ルベカラズ。

二、士官トシテ品位ヲ常ニ保チ、常ニ簡潔タレ。自己ノ修養ハ勿論、嚴正ナル態度動作ニ心掛ケ、功利打算ヲ脱却シテ清廉潔白ナル気品ヲ養フコトハ、武人ノ最モ大切ナル修養ナリ

三、廣量大度、精神爽快ナルベシ。狭量ハ軍隊ノ一致ヲ破リ、陰鬱ハ士気ヲ阻害セシム。急シイ艦務中ニ延ビ〲シタ気分ヲ決シテ忘ルナ。細心ナルハ勿論必要ナルモ、コセ〲スルコトハ禁物ナリ。

四、礼儀正シク敬礼ハ嚴格ニセヨ。初級士官ハ「自分ハ海軍ノ最下位デ何モ知ラヌノデアル」ト心得、親シキ中ニモ礼儀ヲ守リ、上ノ人ノ顔ヲ立テヨ。良カレ悪シカレ兎ニ角「ケプガン」ヲ立テヨ。

五、旺盛ナル責任観念ノ中ニ常ニ生キヨ。是ハ士官トシテノ最大ノ要素ダ。命令ヲ下シ、若ハ之ヲ傳達スル場合ニハ必ズ其遂行ヲ見届ケ、爰ニ始メテ責任ヲ果タシタルモノト心得ベシ。

六、犠牲的精神ヲ発揮セヨ。大ニ縁ノ下ノ力持トナレ。

七、初級士官ハ是カラガ本当ノ勉強時代。一人前ニナリ、吾事成レリト思フハ大ノ間違ヒナリ。公私ヲ誤リタル糞勉強ハ我等ノ欲セザル処ナレドモ、学術方面ニ、技術方面ニ修得セナケレバナラヌ処多シ。急シク艦務ニ追ハレテ是ヲ蔑ニスル時ハ悔ヲ来ス時アリ。急シイ間ニコソ緊張裡ニ修行ハ出来ルモノナリ。寸暇ノ利用ニ努ムベシ。

常ニ研究問題ヲ持チ、平素ニ於テ常ニ一個ノ研究問題ヲ自分ニテ定メ、之ニ対シ成果ノ捕捉ニ努メ、一纏メトナリタル処ニテ是ヲ記シ置キ、一ツ一ツ種々ノ問題ニ對シテ斯ノ如クシ置キ、後日再ビ之ニ就テ研究シ、気付キタル事ヲ増加訂正シ、保存シ置ク習慣ヲ作レバ物事ニ對シ、思考力ノ養成トナルノミナラズ、思ハザル参考資料ヲ作リ得ルモノナリ。

八、少シ艦務ニ習熟シ、己ガ力量ニ自信ヲ持ツ頃トナルト、先輩ノ思慮、円熟ナルガ却テ愚ト見ユル時来ルコトアルベシ。是即チ慢心ノ機ニ臨ミタルナリ。此慢心ヲ断絶セズ増長ニ任ジ、人ヲ侮リ、自ラ軽ンズルトキハ技術学芸共ニ退歩シ、遂ニハ陋劣ノ小人タルニ終ルベシ。

九、オヅ〳〵シテヰテハ何モ出来ヌ。図々シイノモ不可ナルモ、オヅ〳〵スルノハ尚見苦シク、信ズル処ヲハキ〳〵行ッテ行クノハ我々ニトリ最モ必要デアル。

十、何事ニモ骨惜ミヲシテハナラナイ。乗艦当時ハ左程デモナイガ、少シ馴レテ来ルト兎角骨惜ミスル様ニナル。当直ニモ分隊事ムニモ骨惜ミヲスルナ。如何ナル時デモ進ンデヤル心懸ケガ必要ダ。身体ヲ汚スノヲ忌避スル様デハモウオシマヒナリ。

一一、青年士官ハ「バネ」仕掛ノ様ニ働カナクテハイケナイ。上官ニ呼バレタトキ、直グ駈足デ近ヅキ敬礼、命ヲ受クレバ一礼、直チニ実行ニ着手スル如クアルベシ。

一二、上官ノ命ハ気持ヨク笑顔ヲ以テ受ケ即刻実行セヨ。如何ナル困難ガアロートモ、折角ノ上陸ガ出来ナカロート命ヲ果シ、「ヤ御苦労」ト云ハレタ時ノ愉快サハ何トモ云ヘヌ。

一三、不関旗ヲ挙ゲルナ。非常ニ一生懸命ヤッタコトニ付テ、手酷シク叱ラレタリ、平素カラワダカマリガアッタリシテ、不関旗ヲ揚ゲルト云フ様ナ事ガ間々アリ勝チダガ、之ハ慎ムベキコトダ。自惚レガ余リ強スギルカラダ。不平ヲ云フ前ニ無條件ニ有難イト思フテ間違ヒハナイ。ドウデモ良イト思フナラ、誰ガ余計ナ憎マレ口ヲ叩カンヤ、デアル。意見ガアッタラ蔭デ「ブツブツ」云ハズ、順序ヲ経テ意見具申ヲナセ。之ガ用ヒラレント否ハ別問題。用イラレナクトモ不平ヲ云ハズ、命令ニハ絶対服従スベキハ云フ迄モナイ。

一四、晝間ハ諸作業ノ監督巡視、事務ハ夜間ニ行フ位ニスベシ。事務ノ忙シイトキデモ午前午后、必ズ一回受持ノ部ハ巡視スベシ。

一五、「事件即決」「モットー」ヲ以テ物事処理ニ心掛クベシ。「明日ヤロー」ト思ッテヰルト、結局何モヤラズニ沢山ノ仕事ヲ残シ、仕事ニ追ハレル様ニナル。要スルニ仕事ヲ「リード」セヨ。

一六、成スベキ仕事ヲ沢山背負ヒ乍ラ忙シイ〳〵ト云ハズ、片付ケレバ案外容易ニ出来ルモノナリ。

一七、物事ハ入念ニヤレ。委任サレタ仕事ヲ「ラフ」ニヤルノハ、其人ヲ侮辱スルモノナリ。遂ニハ信用ヲ失ヒ、人ガ仕事ヲ委セヌ様ニナル。

又青年士官ノ仕事ハ、六ケ敷クテ出来ナイト云フ様ナモノハナイ。努力シテヤレバ大抵ノコトハ出来ル。

一八、「シーマンライク」ノ修養ヲ必要トス。動作ハ「スマート」ナレ。一分一秒差ガ結果ニ大影響ヲ与フルコト多シ。

一九、海軍ハ頭ノ鋭敏ナルヲ要スルト共ニ、忠実ニシテ努力精励ノ人ヲ望ム。一般海軍常識ニ通ズルコトガ肝要。カヽルコトハ一朝一夕ニハ出来ヌ。常々カラ心掛ケオレ。

二〇、要領良イト云フ言葉ヲヨク聞クガ、余リ良イモノデナイ。人前デ働キ、蔭デズベル人ニ対スル尊称デアル。吾人ハ決シテ表裏ガアッテハナラヌ。常ニ正々堂々ヤラネバナラヌ。

二一、毎日各室ニ回覧スル書類（板挟ミ）ハ必ズ目ヲ通シ捺印セヨ。行動作業ヤ当直ヤ人事ニ関スルモノデ、直接必要ナルモノガ沢山アル。必要ナコトハ必ズ手帳ニ抜書シテ置キ、之ヲヨク見テ居ラヌ為ニ当直勤務ニ間誤ツイタリ、大切ナ書類ノ提出期日ヲ誤ッタリスルコトガアル。

二二、手帳ハ常ニ持ッテ居レ。之ヲ自分ニ最モ便利ヨキ如ク工夫スルトヨイ。

二三、上官ニ提出スル書類ハ常ニ自分デ差出ス様ニスベシ。上官ノ机ノ上ニ放置シ、甚ダシクハ従兵ニ持参セシメル様ナ不心得者ガ間々アル。上官ハ之ニ對シ質問サレルカ知レズ、訂正サレルカ知レヌ。コノ点疎カニシテハナラヌ。

二四、提出書類ハ早目ニ完成シ提出セヨ。提出期日ギリ〳〵ニ、或ハ提出催促サレルガ如キハ恥デアリ、又間違ヒヲ生ズル基ナリ。艦長、副長、分隊長等ノ捺印ヲ乞フトキ、無断デ捺印シテハイケナイ。又捺印ヲ乞フ事項ニ就テ質問サレテモ間違ハヌ様、準備調査シテ行クコト必要。捺印ヲ受クベキ場所ヲ開イテオクカ、又ハ紙ヲ挟ムカシテ分リ易クシテ「艦長、何々ノ捺印ヲ戴キマス」ト申出デ、若シ艦長カラ「捺印シテ行ケ」ト云ハレタトキハ、自分デ捺シテ「御印戴キマス」ト届ケテ引下ル。印箱ノ蓋ヲ開ケ放シニシテ出ルコトノナイ様ニスベシ。

二五、軍艦旗ノ揚降ニハ必ズ上甲板ニ出デ拝セヨ。

二六、何ニツケテモ次室士官分相應ト云フコトヲ忘レルナ。

二七、煙草盆ノ折椅子ニハ腰ヲ卸スナ。次室士官ハ腰掛デアル。

二八、煙草盆ノ所デ腰掛ケテヰルトキ、上官ガ来タナレバ立ッテ敬礼セヨ。

二九、機動艇ハ勿論、汽車電車ノ中、講話場ニ於テ上級者来ラレタラバ直ニ立ッテ席ヲ譲レ。知ラヌ顔ヲシテヰルノハ最モ不可。

三〇、出入港ノ際ハ必ズ受持チノ場所ニ居ル様ニセヨ。出港用意ノ号音ニ驚イテ飛ビ出ス様デハ心掛ケ悪シ。

三一、諸整列ガ予メ分ッテヰル時、次室士官ハ下士官兵ヨリ先ニ其場所ニアル如クセヨ。

三二、何カ変事ガ起ッタトキ、又何カ変ッタ事ガ起ルラシク思ハレル時ハ、晝夜ヲ問ハズ第一番ニ飛ビ出シテ見ヨ。

三三、艦内デ種々ノ競技ガ行ハレタリ、又演芸會ナド催サレル際、士官ハ成可ク出テ見ルコト。下士官兵ガ一生懸命ヤッテヰルトキ、士官ハ勝手ニ遊ンデヰル様ナコトデハ面目ナイ。

三四、短艇ニ乗ルトキニハ、上ノ人ヨリ遅レヌ様ニ早クカラ来ルコト。若シ遅レル様ナ場合ニハ「失礼致シマシタ」ト上ノ人ニ断レ。自分ノ用意ガ遅レテ定期ヲ待タスガ如キハ以テノ外デアル。カヽルトキハ断然ヤメテ次ヲ待ツベシ。

短艇ヨリ上ル場合、上長ヲ先ニスルコト云フ迄モナシ。同ジ次室士官デモ先任者ヨリ先ニセヨ。

三五、舷門ハ一艦ノ玄関ロナリ。其出入ニ際シテハ服装ヲ整ヘ、番兵ノ職権ヲ尊重セヨ。雨天デナイトキ、雨衣ヤ引廻ヲ着タマヽ出入シタリ、答礼ヲ缺ク者往々アリ。注意セヨ。

＊次室士官、ケプガン、ガンルーム等……大き

な軍艦の中で、各科の長や分隊長のような佐官や大尉はそれぞれ個室を持ち、休息や食事の時の集会所として共有の士官室というサロンを持っていた。その他の士官達には「士官次室」があり、これには第一次室と第二次室に分かれる。第一次室は学校出の中尉や少尉の部屋で、第二次室は兵隊から上がって来た「特務士官」や准士官の部屋と区別され、ガンルーム（Gun Room、日記文中、七月四日に記述あり）は第一次室の俗称である。

中世までは軍艦の艦載砲は、上甲板や中甲板に据えられて敵艦の横っ腹を撃つように作られていたから、ガンルームの語源は中甲板の砲室をそれに当てたところから来たと言われている。

ガンルームに属する士官は、第一士官次室士官だが、長いので「次室士官」と呼ばれる。妻子持ちの古参中尉や軍医もいるが、バリバリの学校出で海兵を出たばかりの士官候補性もいて、艦内の元気の中心的存在であった。この部屋のボスは最先任の士官で「ケプガン」と呼ばれ、次室士官の心得にも「ケプガンを立てよ」と記されているが、正体不明の言葉である。明治の海軍はイギリスの海軍用語をそのまま使いながら、いつの間にか日本なまりにして同化してしまう癖があるから、「Cap of Gunroom」のなまりでもあろうか。

*士官……将校のこと。将官、佐官、尉官をいう。

*准士官……尉官と下士官の間の位。下士官から昇進した下級幹部で、海軍では兵曹長がこれに当たり、士官待遇を受けた。

*下士官……士官と兵との間に位置する下級幹部。海軍では上等兵曹、一等兵曹、二等兵曹等の総称。

*副長……軍艦の艦長を補佐する役。

*陋劣……心性が卑しく汚いこと。

*不関旗……他艦と行動を共にせず、または行動を共に出来ない事を意味する信号旗。転じてそっぽを向く事をいう。

*ズベル……さぼる。

*定期……湾内定期連絡用舟艇。

*短艇……内火艇。カッター。ボート。

＊引廻……襟がなく裾の広い外套（とんび、インバネス）。

第二　次室ノ生活ニ就テ

一、我ヲ張ルナ。自分ノ主張ガ間違ッテヰルト気付ケバ片意地ヲ張ラズ、アッサリト改メヨ。我ヲ張ル人ガ一人デモ居ルト、次室ノ空気ハ破壊サレル。

二、朝起キタラ直ニ挨拶セヨ。之ガ室内ニ明ルキ空気ヲ漂ス第一誘因ダ。

三、次室ニハ夫々特有ノ気風ガアル。良キモ悪シキモアル。悪イ点ノミヲ見テ奮慨シテノミ居テハナラヌ。神様ノ集マリデハナイカラ悪イ点モアルデアロウ。カヽルトキハ確固タル信念ト決心トヲ以テ、自己ヲ修メ同僚ヲ善化セヨ。

四、上下ノ区別ヲハッキリセヨ。親シキ仲ニモ礼儀ヲ守レ。自分ノ事バカリ考ヘ、他人ノ事ヲ省ミナイ様ナ精神ハ團体生活ニハ禁物。自分ノ仕事ヲヨクヤルト同時ニ、他人ノ仕事ニモ理解ヲ持チ便宜ヲ与ヘヨ。

五、同級者ガ三人モ四人モ同ジ艦ニ乗リ組ンダラソノ中ノ先任者ヲ立テヨ。「クラス」ノ者ガ次室内デ党ヲ作ルノハ宜敷クナイ。全員ノ和衷協力ハ最モ肝要ナリ。利己主義ハ唾棄スベシ。

六、健康ニハ特ニ注意シ、若気ニ任セテ不摂生ハ禁物。健全ナル身体ナクシテハ充分ナル御奉公出来ズ忠孝ノ道ニ背ク。

七、当直割リノコトデ文句ヲ云フナ。定メラレタ通リ、ドシ〳〵ヤレ。病気デ困ッテヰル人ノ為ニハ進ンデ当直ヲ変ッテヤルベシ。

八、食事ニ際シテハ人ニ不愉快ナ感ジヲ抱カシメルガ如キハ遠慮セヨ。又、會話等ニハ精錬サレタ話題ヲ選べ。

九、次室内ニ一人シカメ面ヲシテ、フクレテヰルモノガアルト、次室全体ニ暗イ影ガ出来ル。一人愉快ナ朗カナ人ガ居ルト明ルクナル。

十、病気ニ罹ッタトキニハスグ先任者ニ知ラセテ置ケ。休業ニナッタラ先任者ニ届ケルト共ニ分隊長ニ届ケ、副長ニ御願イシテ職務ニ関スル事ハ他ノ次室士官ニ頼ンデ居ケ。

十一、次室内ノ如ク多数ノ人ガ居ル処デハ、ドウシテモ乱雑ニナリ勝ナリ。重要書類ガ見エナクナッタトカ、帽子ガナイトカ云ッテワメヰテヰル様ノナイ様常ニ心掛ケヨ。自分ガヤリ放ニシテ従兵ヲ怒鳴ッタリ、他人ニ不愉快ナ思ヒヲサセルコトハ慎ムベキナリ。

十二、暑イトキ公室内デ仕事ヲスルノニ、上衣ヲ取ル事ハ差支ヘナイガ、シャツ迄脱イデ裸ニナルハ甚ダシキ無作法デアル。

十三、食事時ハ必ズ軍装ヲ着スベシ。事業服ノマヽ食卓ニツイテハナラヌ。急シイ時ハ上衣ダケデモ着換ヘテ食事ニ就クコトニナッテヰル。

十四、次室士官ハ忙シイノデ一律ニハ行カナイガ、原則トシテハ一同ガ食卓ニツイテ、次室長ガ始メテカラ箸ヲ取ルベキモノナリ。食卓ニ就テ従兵ガ自分ノ処ヘ先ニ給仕ヲシテモ、先任者カラ給仕セシムル如ク命ズベキダ。古参ノ人ガ待ッテヰルノニ、自分カラ始メルノハ礼儀デナイ。

十五、入浴ハ先任順ヲ守ルコト。水泳トカ武技トカ行ッタ時ハ別ダガ、其他ノ場合ハ遠慮スベキダ。

十六、古参ノ人ガ「ソファー」ニ寝転ンデヰルノヲ見テ眞似テハナラヌ。休ム時デモ腰ヲ掛ケタ儘、居眠リスル位ニセヨ。

十七、次室内ニ於ケル言語ニ於テモ気品ヲ失フナ。他人ニ不快ナ念ヲ生ゼシムベキ行為、風態ヲナサズ。又、下士官考課表等ニ関スル事ヲ軽々シク口ニスルナ。不仕鱈ナ事モ、人秘ニ属スル事モ、従兵ヲ介シテ兵員室ニ傳ハリ勝ナモノナリ。士官ノ威信モ何モアッタモノデハナイ。

十八、趣味トシテ、碁、将棋ハ悪クナイガ、之ニ熱中スルト兎角尻ガ重クナリ易イ。趣味ト公務ハハッキリ区別ヲツケテ心シテ公務ヲ疎ニスル様ナコトガアッテハナラヌ。

十九、オ互ニ他ノ立場ヲ考ヘテヤレ。自分ノ忙シイ最中ニ仕事ノナイ人ガ寝テヰルヲ見ルト、非難シタイ様ナ感情ガ起ルモノダガ、度量ヲ宏クモッテ、夫々ノ人ノ立場ニ理解ト同情トヲ持ツコト肝要。

二十、従兵ハ従僕ニ非ズ。当直其他、教練作業ニモ出デ、其ノ上ニ士官ノ食事ノ給仕ヤ、身ノ廻リノ世話マデスルノデアルカト云フ事ヲヨク承知シテ居ネバナラヌ。余リ無理ナ用事ハ言ヒ付ケナイ様ニセヨ。自分ノ身辺ノ事ハ成ルベク自分デ処理セヨ。従兵ガ手助ケシテクレタラ、其分丈ケ公務ニ精励スベキナリ。釣床ヲ吊ッテ呉レタリ、食事ノ給仕ヲシテクレタリスルノヲ有難イト思フノハ束ノ間。生徒、候補生時代ノコトヲ忘レテシマッテ、傲然ト従兵ヲ呼ンデ、一寸新聞ヲ取ルニモ、自分ノモノヲ探スニモ、之ヲ使フガ如キハ自我品位ヲ下ゲテ終フ所以ナリ。又、従兵ヲ「ボーイ」ト呼ブナ。

二一、夜遅クマデ酒ヲ飲ンデ騒イダリ、大聲デ従兵ヲ怒鳴ッタリスル事ハ慎メ。

二二、課業時ノ外ニ必ズ出テ行クベキモノニ、銃器手入、武器手入ニ受持短艇ノ揚ゲ卸シガアル。

＊釣床……ハンモック。水兵の寝床。吊床とも書く。

戦闘力最優先で設計された日本の軍艦には、士官用はあっても兵にはベッド・スペースはなく、ハンモックの中だけが彼等の唯一のプライバシーの場であった。ハンモックは寝具であると同時に、戦闘中は上甲板に持ち出されて「マントレット」(MANTLET)と称する防弾具ともなる。敵弾が艦に命中、或は至近弾で海中に落ちると、その弾丸が激しい勢いで四散して艦体を破り、兵員を殺傷する。軍艦は全体が硬い鋼鉄製だから、艦体にぶつかった弾片は跳弾となり、存続エネルギーがゼロになるまであちこちを跳び回って危険極まりない。

そのため艦内のハンモックを総動員して司令塔や魚雷発射管、ハッチ等の重要部や装甲の薄い箇所にクッションとしてくくり付ける。その間はベッドがなくなるから、兵達は堅い甲板でゴロ寝となる。

このハンモックには通し番号が打ってあり、古い軍歴の順に古い番号のハンモックを使うから、兵隊の序列をハンモック・ナンバーともいう。「釣床番号」と言わなかったところに明治のハイカラ調がうかがえる。

第三　転勤ヨリ着任マデ

一、転勤命令ニ接シタナラバ、成可ク早ク赴任セヨ。一日モ早ク新任務ニ就クコトガ肝要。
退艦シタナラバ直ニ最短時間ヲ以テ赴任セヨ。

二、道草ヲ食フナ。
「立ツ鳥後ヲ濁サズ」。仕事ヲ全部片附ケ置キ、申継ギハ萬遺漏ナクヤレ。申継グベキ後任者ガ来ナイ時ニハ、明細ニ申継ヲ記註シ置キ、之ヲ確実ニ托シ置ケ。

三、退艦ノ際ハ適時、司令官ニ伺候シ、艦長、副長以下各室ヲ廻リ挨拶セヨ。

四、新ニ着任スベキ艦ノ役務所在、主要職員ノ名ハ前以テ心得置ケ。

五、退艦、着任ハ通常礼装ナリ。

六、荷物ハ早目ニ發送シ、着任シテモ尚荷物ガ未ダ到着セヌト云フ様ナコトアルベカラズ。手荷物トシテ送レバ早ク着ク。

七、着任セバ直ニ荷物ヲ整頓セヨ。

八、着任スベキ艦ノ名ヲ記入シタ名刺ヲ予メ数枚用意シテ置キ、着任予定日ヲ艦長ニ打電シテ置クガ良イ。

……乗組
海軍々醫少尉　杉浦正博

九、着任スベキ艦ノ所在ニ赴任シタルトキ、ソノ艦ガ居ラヌ時、例ヘバ急ニ出動シタ後ニ赴任シタ様ナトキハ、所在鎮守府、警備府ニ出頭シテ其指示ヲ受ケヨ。更ニ又、ソノ地ヨリ他ニ旅行スルヲ要スルトキハ証明書ヲ貰ッテ行ケ。

十、着任シタナラバ、当直将校ニ名刺ヲ差出シ、「只今着任シマシタ」ト届ケルコト。当（副）直将校ハ副長ニ、副長ハ艦長ノ所ニ案内シテ下サルノガ普通デアル。副長カラ艦長ノ処ヘツレテ行カレ、次室長ガ案内シテ各室ニ挨拶ニ行ク。艦ノ都合ノヨイトキニ、乗員一同ニ對シテ副長カラ紹介サレル。艦内配置ハ副長、或ハ艦長カラ手渡サレル。

十一、各室ヲ一巡シタナラバ、着物ヲ着換ヘテ一ワタリ艦内ヲ巡ッテ艦内ノ大体ヲ見ヨ。

十二、配置ノ申継ハ、実地ニ当ッテ納得ノ行ク如ク確実綿密ニ行ヘ。一旦引継イダ以上ハ全責任ハ自己ニ移ルノダ。特ニ人事ノ取扱ハ引継イダ当時ガ一番危險。一通リ当ッテ見ル事ガ肝要ダ。就中、敍勲ノ計算ハ成可ク早クヤッテオケ。

十三、着任シタ日ハ勿論ノコト、一週間ハ毎夜巡検ニ随行スル如クセヨ。乗艦早々カラ「上陸ヲ御願ヒシマス」等ハ以テノ外ダ。

十四、転勤セバ成可ク早ク前艦ノ艦長、副長、機関長、夫々各室ニ乗艦中ノ御厚意ヲ謝スル禮状ヲ出スコトヲ忘レテハナラヌ。

十五、訪問ハ執務時間内ニ之ヲ行ヒ、二十四時間内ニ之ヲ行フベシ。

＊伺候……身分の高い人のそばに仕えること。参上してご機嫌をうかがうこと。

＊鎮守府……国を外敵から護り安定させるの意。海軍の大きな陸上基地のことで、横須賀、呉、佐世保、舞鶴の四ヶ所あった。現在の自衛隊では地方総監部がこれに当たる。

＊巡検……副長が一日の締めくくりに、甲板士官以下を従えて艦内外の安全を確認すること。

第四　乗艦後、直ニナスベキ事項

一、直ニ部署内規ヲ借リ受ケ熟読シ、艦内一般ニ通暁セヨ。

二、総員起床前ヨリ上甲板ニ出デ、他ノ当直将校ノ艦務遂行振リヲ見学セヨ。

二、三日当直振リヲ注意シテ見テ居レバ其艦ノ当直勤務ノ大要ハ分ル。而シテ練習艦隊ニテ習得セル所ヲ其礎トシテ、其艦ニ最適合セル当直ヲナスコトガ出来ル。艦内施行ハ成可ク速ニ寸暇ヲ利用、乗艦直後ニナセ。

三、乗艦後一月経過セバ、隅々マデ知悉シ、分隊員ハ勿論、其他ノ分隊員ト雖モ主ナル下士官ノ姓名ハ承知スル如ク心懸ケル。

＊知悉……ある物事について細かい点まで知りつくすこと。

第五　上陸ニ就テ

一、上陸ハ控ヘ目ニセヨ。吾人ガ艦内ニアルト云フコトガ、職責ヲ盡スト云フ事ノ大部分デアル。職務ヲ捨テ置テ上陸スルハ以テノ外ナリ。状況ニヨリ一律ニハ行カヌガ、分隊長ガ居ラヌ時ハ分隊士ガ残ル様ニセヨ。

二、上陸スルノガ如何ニモ権利デアル様ニ「副長上陸シマス」ト云フベキデナイ。「副長上陸ヲオ願ヒシマス」ト言ヘ。

三、若ヒ時ニハ上陸スルヨリモ、艦内ノ方ガ面白ヒト云フ様ニナラネバナラヌ。又上陸スルトキハ自分ノ仕事ヲ終ッテサッパリトシタ気分デ、ノビ〳〵ト大ニ浩然ノ気ヲ養ヘ。

四、上陸ハ別科後ヨリオ願シ、最後定期ニテ帰艦スル様ニセヨ。出港前夜ハ必ズ艦内ニテ寝ル様ニセヨ。

五、上陸スル場合ニハ副長ハ、己ガ従属スル上官ノ許可ヲ得、同室ニ願ヒ、当直将校ニオ願ヒシテ行クノガ慣例デアル。此ノ場合、「上陸ヲオ願ヒシマス」ト云フノガ普通。同僚ニ對シテハ単ニ「願ヒマス」ト云フ。之ノ「願ヒマス」ト云フ言葉ハ簡単ニシテ意味深長、仲々重宝ナモノデアル。即チ之ノ場合、上陸ヲ願フノト、上陸後留守中ノコトヲ宜シク頼ムト云フ両様ノ意味ヲ含ンデヰル。用意ノヨイ人ハ、更ニ関係アル准士官、或分隊先任下士官ニ知ラセテ出テ行ク。帰艦シタナラバ、出ル時ト同様ニ届ケレバ可。但、夜遅ク帰艦シテ上官ノ寝テシマッタ後ハ此限リニアラズ。士官室ニアル札ヲ裏返ス様ニナッテヰル艦デハ、必ズ自分デ之ヲ返ス様注意セヨ。

六、病気等デ休ンデヰタトキ、癒ッタカラトテ直グ上陸スルガ如キハ分別ガ足ラヌ。休ンダ後ナラ仕事モ溜ッテ居ラウ。遠慮ト云フ事ガ大切ダ。

七、休暇カラ帰ッタ時、帰艦ノ旨届ケタナラ、第一ニ留守中ノ自分ノ仕事及艦内ノ状況ヲ一通リ目ヲ通セ。着物ヲ着換ヘテ受ケ持ノ場所ヲ廻ッテ見テ、不在中ノ書類ヲ一通リ目ヲ通ス必要ガアル。

八、休暇ヲ戴ク時、其前後ニ日曜、公暇日ヲ付ケテ、規定時日以上ニ休暇スルガ如キハ最モ若年士官ラシクナイ。

九、職務ノ前ニハ上陸モ休暇モナイト云フノガ士官タル態度デアル。転勤シタル場合、前所轄カラ休暇移牒ガアルコトアルケレドモ、新所轄ノ職務ノ関係デハ戴ケナイ事ガ多イ。副長カラ移牒休暇デ帰レト言ハルレバ戴イテモ良イ。ケレ共自分カラ申出テルガ如キハ決シテアッテハナラヌ。

＊移牒……所轄の異なる他の部隊などへ文書

で通知すること。

第六　部下指導ニ就テ

一、常ニ至誠ヲ基礎トシテ、熱ト意気ヲ以テ国家保護ノ大任ヲ擔当スル干城築造者タルコトヲ心掛ケヨ。

「巧ハ部下ニ譲リ、部下ノ過チハ自ラ負フ」トハ西郷南洲翁ノ教ヘシ所ナリ。「先憂後楽」トハ味フベキ言デアッテ、部下統禦ノ機微ナル心理モカヽル処ニアル。統禦者タル吾々士官ハ常ニ此ノ心懸ガ必要ナリ。

石炭積等、苦シイ作業ノ後ニハ、士官ハ最後ニ帰ル様ニ努メ、寒イトキニ海水ヲ浴ビ乍ラ作業シタ者ニハ、風呂ヤ衛生酒ノ世話マデシテヤレ。部下ニ努メテ接近シテ下情ニ通ゼヨ。但部下ニ狃レシムルハ最モ不可、注意スベキナリ。

二、何事モ「ショートサーキット」ヲ慎メ。一時ハ便利ノ様ダガ非常ナ悪結果ヲ齎ラス。例ヘバ分隊士ヲ抜キニシテ、分隊長ガ直接先任下士官ニ命ジタルトシタラ、分隊士タル者、如何ナル感ヲ生ズルカ。是ハ一例ダガ必ズ順序ヲ経テ命ヲ受ケ、又ハ下スト言フ事ガ必要ナリ。

三、「率先躬行」。部下ヲ率ヒ、次室士官ハ部下ノ模範タルコトガ必要ダ。

物事ヲナスニモ常ニ衆ニ先立チ、難事ト見レバ眞先ニ之レニ当リ、決シテ人後ニ遅レザル覚悟アルベシ。又自分ガ出来ナイカラト言フテ、部下ニ強制シテモ良クナイ。部下ノ機嫌ヲ取ルガ如キモ亦、絶對禁物ナリ。

四、部下ノ悪キ処アラバ、其場デ遠慮ナク叱正セヨ。温情主義ハ絶對禁物デアル。然シ叱責スルトキハ場所ト相手ヲ見テナセ。正直小心ニ若イ兵員ヲ厳酷ナ言葉デ叱リツケルトカ、又下士官ヲ兵員ノ前デ叱責スル等ハ百害アリテ一利ナシト知レ。

五、世ノ中ハナンデモ「ワングランス」デ評價シテハナラヌ。誰ニモ長所アリ短所アリ。長所サヘ見テ居レバ、ドンナ人デモ悪ク見エナイ。又コレダケノ雅量ガ必要デアル。

六、部下ヲ持ッテモソウデアル。先ズ其短所ヲ探スニ先立チ、長所ヲ見出スコトガ肝要デアル。賞ヲ先ニシテ罰ヲ後ニスルハ古来ノ名訓ナリ。

分隊事務ハ部下統禦(トウギョ)ノ根底デアル。敍勳(ジョクン)、善行章等ハ特ニ愼重ニヤレ。又一身上ノ事マデ立入リ、面倒ヲ見テヤル樣心掛(ココロガ)ケヨ。分隊員ノ入院患者ハ時々見舞ッテヤルト言フ親切ガ必要ダ。

＊先憂後楽(センユウコウラク)……范仲淹『岳陽楼記』の「天下の憂(うれ)えに先んじて憂え、天下の楽しみに遅れて楽しむ」から、国家の安危については人より先に心配し、楽しむのは人より遅れて楽しむこと。志士や仁者など、立派な人の国家に対する心がけを述べた語。「楽しみは後で」という意味ではない。

＊率先躬行(ソッセンキュウコウ)……人に先立って行うこと。

＊ワングランス……ひと目。一見(One Glance)。ちょっと見ただけで判断すること。

第七　其他(ソノタ)一般

一、服装ハ端正ナレ。汚レ作業ヲ行フ場合ノ外(ホカ)、特ニ清潔端正ナルモノヲ用ヒヨ。帽子ガマガッテヰ(イ)タリ、「カラー」ガ不揃(フゾロ)ヒノ儘(ママ)飛ビ出シタリ、靴下ガダラリト下ッテヰタリ、若(モ)シクハ皺(シワ)ノ寄ッタ服ヲ着テヰルト、如何(イカ)ニモダラシナク見エル。其人(ソノヒト)ノ人格ヲ疑ヒ度(タ)クナル。

二、靴下ヲ付ケズ靴ヲ穿(ハ)イタリ、「ズボン」ノ後ノ「ビジョー」ガツケテナカッタリ、或(アルイ)ハダラリトシタリ、下着ヲ着ケズ素肌ニ夏服、事業服ヲ着ケタリスルナ。

三、平服ヲ作ルノモ一概ニ非難スベキデナイガ、必要ナル制服ガ充分整ッテ居(オ)ラヌノニ平服等作ルノハ本末顚倒(テントウ)ナリ。制服其他(ソノタ)、御奉公ニ必要ナル服装属具等、何一ツ缺(カ)クルトコロナク揃(ソロ)ッテ尚(ナオ)余裕アラバ、平服モ作ルト云(イ)フ程度ニセヨ。

平服ヲ作ルナラバ、落チツイテ上品ナ上等ナモノヲ選べ。無暗(ムヤミ)ニ派手ナ流行ノ先端ヲ行ク服ヲ着テ居(オ)ル若年士官ヲ見ルト、歯ノ浮ク様ナ気ガスル。

「ネクタイ」ヤ「帽子、靴」「ワイシャツ」「カラー」「カフス釦(ボタン)」マデ、各人ノ好ミニヨルコトデハアロウガ、先(マ)ズ上品デ調和ヲ得ルヲ以テ第一トスベキナリ。

四、靴下モ、余リケバ〳〵シイハ下品ナリ。服ト靴ニ調和スル色合ノモノヲ用ヒヨ。縞ノ靴下等、成可クハカヌ事。事業服ニ縞ノ靴下等以テノ外ダ。

五、一番目立ッテ見ヘルノハ「カラー」ニ「カフス」ノ汚レデアル。注意セヨ。又「カフス」ノ下カラ、シャツノ出テヰルノモ可笑シイモノナリ。

六、羅針盤ノ右舷階梯ハ、副長以上ノ使用サルベキモノ。艦橋ニ上ッタラ敬礼ヲ忘ルナ。

七、陸上ニ於テ飲食スルトキハ必ズ一流ノ所ニ入レ。何処ノ軍港ニ於テモ士官ノ出入スル処ト、下士官ノ出入リスル所ハ確然タル区別アリ。若シ二流以下ノ処ニ出入シテ飲食シタリ、又酒ノ上デ士官タル態度ヲ失フ等、体面ヲ汚ス様ナコトガアッタラ一般士官ノ体面ニ関スル重大事ダ。

八、「クラス」ノ為ニハ全力ヲ盡シ、一致団結セヨ。

汽車ハ二等ニ乗レ。金銭ニ對シテハ恬淡ナレ。節約ハ勿論ダガ吝嗇ニ陥ラヌ様注意肝心。

常ニ慎独ヲ「モットー」トシテ進ミタキモノナリ。是非弁別ノ判断ニ迷ヒ、自分ヲ忘却セルガ如キ振舞ヒハ吾人ノ與セザル処ナリ。

（終リ）

*ビジョー……尾錠。帯革、ひもなどの先に取り付けて、左右から寄せて締める金具。男子のチョッキやズボンの後ろなどに用いる。バックル。尾錠金。

*階梯……はしごだん。

*事業服……作業服のこと。

*慎独……「礼記」大学の「君子は必ず其の独りを慎むなり」などから、自分一人のときでも行いを慎み、雑念の起こらないようにすること。

あとがき

戦時中、東京の江戸川区東小松川（旧住居は現江戸川区中央）にいた私は大杉国民小学校に通っていたが、空襲が激しくなったので疎開する事になった。

昭和二十年三月二十三日、私は列車を三回位乗り換え、一日半掛けて山形県の西田川郡湯田川村（現鶴岡市）へ行った。江戸川の六校ほどの子供達と一緒であった。湯田川は山深い温泉地でもあった。

八月十五日、その湯田川で玉音放送を聞いた。ラジオのスピーカーから聞こえる天皇陛下の声は雑音が多くて聞き取れず、さっぱり分からなかった。その後、先生から日本が負けた事を聞かされた。日本が戦争に負ければ米英に全員殺される。が、逆に日本が勝てば米英人を殺すものだと子供心に考えていた。というのは、当時の日本の教育方針が軍の指導の下で行われていた為であった。

九月十日頃であったか、両親が迎えに来て姉と私と妹は江戸川に帰ったのである。

今でもこの時の疎開仲間で構成する「大杉会」というのがあり、毎年十一月上旬にクラス会が催されている。

＊

兄が最後に乗艦した船は「しょうとく丸」であるが、我が家の墓の兄の石碑に刻まれた碑文には「松徳丸」と記されている。私は私で「正徳丸」と長いこと思い込んで来た。どちらが正しいのか判断しかねていた頃、偶然にも産経新聞の連載記事「あの戦争」に載っていたのだ。「昭徳丸」は昭和十八年六月二十八日に沈んだと書かれていたのだ。どちらでもいいじゃないか、と言われそうだが遺族としてみればそうはいかない。私は兄の正しい歴史が知りたいのだ。これで謎が一つ解けたというものである。

兄の日記の原本の写しをご覧頂けたと思うが、活字のようにスラスラと楽に読めるものではない。旧漢字の崩し字に加えて現代では殆ど使われない語句が多く、すべての文字や語句の判読には正直言って苦労がいった。もちろん私自身、何度も繰り返し読んで来たけれど、一字一句まで完全に読み切った訳ではない。出版に当たり、本人の記述に忠実に、正確を期したかったので幾つもの辞書を駆使して判読した。

＊

母が昭和五十四年（一九七九）三月に機会があってサイパンを訪れた時、兄が一時（いっとき）でも居たであろう病舎跡にたたずみ、その場を離れる事が出来ず長い時間、目を閉じて兄を偲（しの）んでいた。子供の頃から一時帰還までの二十数年間の思いが駆け巡っていたのだろう。その最後の温もりをこの病舎から感じ取ろうとしたのだと思う。親にとって最初の子供というのは、他の子供にはない格別の思いがあるようだ。生きていれば……、と思わない筈（はず）がない。あの子が死んで三十六年、主人も他界し、自分も八十歳と年をとってしまった。あの世でまた会えるとも思ったのではないだろうか。

サイパンへは母と家内と共に「周和会」というテニス愛好会の古き良き仲間たちと行った。三泊四日という短期間ではあったが、テニスは勿論（もちろん）、蒼（あお）い海と空の下（もと）、白砂の上で童心に返ったりで存分に楽しんだ。その思い出の数々の写真の一コマに、あの若大将、加山雄三氏と母のツーショットがある。加山氏は、たまたまご家族で遊びに来られていて、浜辺でお目にかかり記念に撮らせて頂いたものだ。今は南の楽園となっているが、かつては戦場であり兄も短期間とはいえ滞在したサイパンへの複雑な思いの中で、加山氏との出会いは偶然ではあったが爽やかな清涼剤になった事は間違いなく、今でも私の家に記念として飾ってある。

＊

今年で戦後五十五年が経ち、兄が戦死してから五十七年の歳月が過ぎた。激動の「昭和」は遠くなり、あの戦争の体験者が次々と他界して行く。もし、兄が生きていれば八十歳になる。病気でもなければまだまだ矍鑠たるものだろう。私の兄弟姉妹は十二人いる。生きていれば戦地の話ばかりでなく、兄弟として色々な話も聞けただろうに。兄がこの世から姿を消してしまった事は私の人生上、最大の無念となって今日に至っている。

＊

まえがきでも触れたが、兄の日記は戦時中に書かれ、しかも最前線の軍艦の中で書かれたものである。死の原因となった負傷は警備行動中に受けたものだ。戦死した遺族を想う時、あの戦争さえなかったら……と思わない人間はいないだろう。どうして日本は中国大陸へ行ったのだろう？　どうして日本は大国アメリカとの戦争に突入したのだろう？　どうして兄は遥か数千キロの赤道を越える彼方の南洋に行ったのだろう？　敵とは何なのだろう？　あの戦争とは一体、何だったのだろう？　そんな疑問の数々が今でも時々、頭をよぎる。兄の想い出が蘇る時、それと同時に、若い頃の母の顔、長生きして逝った晩年の母の顔、兄の訃報が届いた時の父の悲嘆に暮れた顔などが浮かんで来る。みんな元気で生きていた子供の頃の風景と、今はなき肉親を偲ぶ時の、自分だけ置いて行かれたような、言い知れぬ寂しさが交錯する。そんなセンチメンタルな情緒に常に付きまとうのが、これらの疑問符の数々なのだ。

終戦の時、私は十一歳だった。終戦から復興という、それまでの日本にはなかった明るさと自由の中で少年時代と青年期を過ごし、その後の高度経済成長の中で、私も企業人の一人として一応は活躍して来たつもりだ。定年後にはもともと趣味でもあったテニスに力を注ぎ、文部大臣認定テニス指導員の資格を取り、地域のテニス振興に一役買っている。疲れた夕べには晩酌も楽しむ平凡な日々ではある。とは言っても長い間には、もちろん人並みの色々な出来事はあった。だが全体から見れば、戦後は安穏とした長い平和な日々であった。そして終戦から五十五年目の夏がまもなくやって来る。私も昔を振り返って「心の整理」をしてみたくなった。本書の刊行はその実行の第一弾とも言える。

兄が戦争で逝ったのは分かり切っている。致命傷を受けた場所がサイパン島付近だという事も分かっている。息を引き取ったのは呉の海軍病院だという事も十分に認識している。解りたいのは、何が兄をそうさせたのか？　なのだ。心の整理とはそれを言っている。あの戦争がなぜ起きたかという理由は、私とても戦中派だから常識的な事は知っている。だが、何か釈然としないものが常に傍にあった。戦後五十年が経った辺りから戦争の惨禍ばかりが語られ、その原因となった理由については殆ど語られる事がないように思う。結果の分析も大事だが、原因も同じく分析されなければならないと思う。それでなくては歴史というストーリーの「因果関係」を理解する事は出来ないし、また歴史から教訓を学ぶ事も出来得ないだろう。兄の気持ちや立場を知る手立てになればと思い、いま一度、当時の世界情勢を振り返り、特に先の大戦の原因となった中国大陸を巡る日本とアメリカの熾烈な利害衝突の中で、それぞれの国家と人々が何を考え、何を行動したかを、残された私の人生の中で考えて行きたい。

＊

なお、この戦陣日記は、資料（史料）として昭和六十年（一九八五）七月九日、防衛庁の防衛研究所戦史部戦史室に、今後の教育及び研究資料として提供、複写・記録された。

【お願い】本日記には、兄の戦友や知り合いの方が登場します。そのまま実名で出させて頂いた方々のご本人、又はご家族や友人、関係者——特に昭徳丸の——がおられれば元就出版社気付で著者までご連絡下されたら幸甚に存じます。

本書の制作に当たって日記文判読に多大な協力を賜りました飯塚正夫氏（埼玉県鴻巣市在住）と、編集と資料提供に長いこと尽力して戴いた川上英明氏（東京都練馬区在住）に御礼を申し上げますと共に、発刊に当たって助言および協力を戴いた雑誌「丸」の潮書房／光人社の牛嶋義勝常務取締役出版部長に感謝の意を表します。

最後に私の好きな歌、『海ゆかば』（日本海軍儀式歌。歌詞は大伴家持の長歌から取ったもの）を、あの戦争で散華（さんげ）された幾百万の英霊と兄に鎮魂の歌として捧げたい。

海(うみ)行(ゆ)かば
水(み)漬(づ)く屍(かばね)
山(やま)行(ゆ)かば
草(くさ)生(む)す屍(かばね)
大(おお)君(きみ)の
辺(へ)にこそ死(し)なめ
かへ(え)りみはせじ

合掌

平成十二年春　埼玉県坂戸市にて　杉(すぎ)浦(うら)正(ただ)明(あき)

「杉浦正博略年表」

大正九年一月一二日　千葉県香取郡佐原町に生まる
昭和一二年三月　日本大学付属第一中学校卒業
昭和一六年一二月　日本大学医学科卒業
昭和一七年六月　海軍軍医学校卒業（入学時少尉）直ちに海軍第四艦隊司令部付に補さる
六月二〇日　東京駅より列車にて呉へ向かう
六月二八日　巡洋艦「衣笠」に便乗、南方へ
七月四日　トラック島入港、「衣笠」下艦、陸上勤務
七月二六日　サイパン島入港、陸上勤務
七月二七日　掃海艇「第二文丸」「第三関丸」両艇の軍医長職務執行被命
八月二日　サイパン島にて便乗船「海平丸」乗船
八月三日　テニアン島入港
八月八日　ラバウル（ニューブリテン島）入港、「第二文丸」着任
八月一六日　ショーランド島入港
九月二日　ブカ島入港
九月一〇日　ラバウル入港
九月一四日　ブカ入港
九月二六日　ラバウル入港
一〇月七日　カビエン（ニューアイルランド島）入港
一〇月二七日　ラバウル入港
一〇月三一日　カビエン入港
一一月二四日　ラバウル入港
一二月九日　カビエン入港～一二月三一日迄

以降の日記はロタ島近海の海底に昭徳丸と共に没す。

昭和一八年三月　軍医中尉に昇進
四月　内地へ帰還
六月初旬　「昭徳丸」軍医長として再度南方へ
六月二八日　サイパン島沖ロタ島付近で敵潜水艦の雷撃を受け沈没、重傷、ロタ島野戦病舎に収容さる
八月　飛行機で内地帰還、呉の海軍病院入院
一〇月二一日　薬石看護の効なく遂に戦病死す　同日付けにて軍医大尉に昇進す
一二月二六日　海軍大臣嶋田繁太郎大将の弔問を受けた

【参考資料】……『写真　太平洋戦争　第一巻』・光人社刊
『産経新聞』紙上追体験「あの戦争」第八六回・産経新聞社
『ケネディ――挑戦する大統領』大森実著・講談社刊
『海軍人造り教育』実松譲著・光人社刊
『海軍あれこれ』大町力著・西田書店刊
『戦艦大和と艦隊戦史』・新人物往来社
『図説　日本海軍』野村実監修・河出書房新社
「大辞泉」・小学館

海ゆかば――南海に散った若き海軍軍医の戦陣日記

2000年6月20日　第1刷発行

著　者　杉浦正明（すぎうらただあき）

発行人　浜　正史

発行所　株式会社　元就出版社（げんしゅう）
〒171-0022　東京都豊島区南池袋4-20-9-301
電話　03-3986-7736　FAX　03-3987-2580
振替　00120-3-31078
装　幀　純谷祥一

印刷所　東洋経済印刷株式会社

※乱丁本・落丁本はお取り替えいたします。

ISBN4-906631-51-7　C0095